LA FIGLIA

SERIE 50 E PIÙ APPARTAMENTI LIBRO 2

JANIE OWENS

Traduzione di
SIMONA LEGGERO

UNO

ANGIE BARNES GUARDAVA FUORI dal finestrino dell'aereo mentre il volo atterrava all'aeroporto internazionale di Daytona Beach. Mancava dalla Florida da parecchio tempo e si sentiva più di un po' in apprensione per il ritorno a casa. I suoi genitori le avrebbero dato il benvenuto? Avrebbero accolto questa visita con grande gioia o la avrebbero vista come un'altra opportunità per lei di scroccare? Aveva sempre scroccato dai suoi genitori. Oh, sì, era molto brava a tendere la mano e a chiedere di più.

Tirò fuori il telefono e compose il numero. *Meglio avvertirli piuttosto che presentarsi senza preavviso.*

"Joe!"

"In camera da letto".

"Ho bisogno di te".

Joe Barnes entrò nel soggiorno dove sua moglie Rachel era seduta sul divano, con il telefono in grembo.

"Era Angie", disse Rachel senza espressione o emozione.

Angela era il suo vero nome, ma nessuno l'aveva mai chiamata così. Era nata sotto Natale, e a quel tempo Rachel era affascinata dall'idea di Angie, l'angelo dell'albero di Natale. Di conseguenza, sua figlia fu chiamata Angela, ma per tutti Angie.

"Allora? Non sono buone notizie?" Chiese Joe sedendosi di fronte a lei.

"Dipende da come la vedi", disse Rachel, tenendo fissi gli occhi su suo marito. "Vuole stare con noi per un po'. Non sa per quanto tempo".

"Oh". Joe sapeva cosa significasse.

"Non mi va molto di finanziare le sue spese di sostentamento mentre cerca lo scopo della sua vita o il significato della vita", disse Rachel, scuotendo la testa.

"Glielo hai detto?"

"Non esattamente con queste parole, ma ci ho girato intorno"..

"Se non siamo fermi, se ne approfitterà di nuovo", disse Joe.

"Non l'ho dimenticato".

"Quando arriva?"

"Tra un paio d'ore".

"Cosa?" Joe scattò in piedi. "Beh, sarà meglio trovare una linea comune. Non possiamo permetterle di calpestarci di nuovo".

"Sono completamente d'accordo", disse Rachel. "Ma sei tu quello che cede". Lanciò a suo marito uno sguardo complice.

Joe riconobbe che era vero con il suo grugnito. Rachel era molto più dura quando si trattava della loro unica figlia, la loro unica figlia. E a volte questo fatto causava degli scontri tra Angie e lei.

"Sarò bravo", disse, camminando verso il corridoio. "Seguirò il tuo esempio".

"Siamo stati bene nell'ultimo anno, senza quella mano tesa che chiede sempre di più", disse Rachel, alzandosi.

"Lo penso anch'io".

Entrambi camminarono lungo il corridoio verso la camera da letto per gli ospiti. Sarebbe stata perfetta per Angie durante la sua visita. Una porta all'ingresso del corridoio garantiva la privacy dal resto della casa. Un lavabo alla fine del corridoio, con armadietti e un lavandino al centro, e un grande specchio sopra. A sinistra c'era una porta che portava alla doccia e alla toilette. A destra, una porta per la camera da letto.

"Dovrò togliere la cuccia del cane e i miei vestiti dall'armadio. Non c'è molto altro qui", disse Rachel, guardandosi intorno.

"E la croce sul muro".

"Lascia che rimanga. Se ne può occupare lei", disse Rachel. "Se è ancora buddista o qualsiasi cosa sia diventata di recente, siamo una casa cristiana. Può affrontare la cosa".

"Per me va bene".

Angie entrò nell'appartamento dei suoi genitori con uno zaino sulle spalle, due grandi valigie che rotolavano dietro di lei e un piccolo trasportino attaccato a una delle valigie. Posizionò tutto in verticale dopo aver attraversato la soglia e tolse lo zaino. Angie era abbastanza alta per avere due genitori bassi. Le sue lunghe gambe scivolavano da sotto i pantaloncini blu. La maglietta abbinata, legata davanti, accentuava la sua vita minuta. Rachel notò che i suoi capelli erano biondi e scorrevano oltre le spalle. Erano rossi l'ultima volta che l'avevano vista. Non era molto truccata, non che ne avesse bisogno. Angie era una giovane donna molto attraente.

"Ciao, ragazzi!" disse, allargando le braccia per un abbraccio.

Naturalmente, il cane Rufus fece irruzione prima che i genitori potessero abbracciare la figlia. Si mosse tra Rachel e Joe e cominciò ad attaccare Angie, poi si fermò poco dopo. Rufus mugolò e allungò una zampa verso la donna.

"Oh, che dolce", disse Angie, accarezzando la testa del ragazzone. Il labrador amava l'attenzione e scodinzolava freneticamente.

"Humph, così ben educato. È proprio il nostro cane?" disse Rachel. "Mi salta sempre addosso quando entro".

Rufus e Rachel avevano dei trascorsi. Rufus si scagliava sempre contro Rachel quando lei rientrava da una delle sue serate fuori con le ragazze. Lei avrebbe potuto scrivere un libro sui molti incidenti che aveva avuto con lui che la faceva cadere, la metteva a cavalcioni e poi le leccava la faccia con vigore.

"Devi solo sapere come gestirli, mamma", disse Angie. "È tutta una questione di energia. Lui riconosce la mia energia e la rispetta". Angie continuò ad accarezzare la testa di Rufus.

Rachel stava per rispondere, ma Joe le mise una mano al centro della schiena per distrarla. Poi entrambi i genitori abbracciarono e baciarono la figlia, mentre si chiedevano cosa avrebbe portato questa visita e perché fosse lì.

"Cavolo, papà, vedo che non ti sono cresciuti più i capelli", disse Angie con un gran sorriso.

Joe aveva più di cinquant'anni. Pensava che i giorni per avere una testa piena di capelli fossero passati da tempo. Aveva un viso ben rasato con lineamenti ordinari e poche rughe per un uomo della sua età. Non era né grasso né magro e aveva una forma fisica decente.

"Carino da parte tua notarlo", disse.

"Mamma, sei bellissima!"

Rachel aveva un aspetto fantastico. Era una bella brunetta con un classico caschetto che aveva portato con e senza frangia per la maggior parte della sua vita adulta. A cinquantatre anni e manteneva ancora la sua linea, Rachel era bella come sua figlia.

"Grazie. Anche tu". Rachel condusse sua figlia verso il soggiorno. "Mettiamoci comodi".

"Sono stata seduta per ore, oppure ho camminato negli aeroporti", disse Angie. "Sono contenta di essere sulla terra ferma".

"Da dove vieni?" Chiese Joe.

"California".

"Sei stata in California per tutto questo tempo?" Chiese Rachel.

"Oh, no, sono stata in molti posti, ma più recentemente in California", disse Angie, sedendosi di nuovo sul divano color panna.

"Allora, dove sei stata? Cosa significa?" Chiese Joe.

"Beh, papà", disse Angie, "sono stata in Massachusetts, nel Regno Unito, poi in India, di nuovo in Massachusetts e poi in California. Ho soggiornato negli ashram ovunque abbia viaggiato".

"Ashram", disse Rachel in modo piatto senza espressione facciale.

"Sì, mamma, gli ashram. Perfettamente sicuri da frequentare. Luoghi sacri, sai?"

"So cos'è un ashram. Non so perché ci vivevi", disse Rachel. "E, naturalmente, non hai comunicato con noi per almeno nove mesi. L'ultima volta che ti abbiamo sentito eri negli Stati Uniti. Non sapevamo nulla del Regno Unito o dell'India".

"Beh, mamma, non pensavo di dovermi sentire con i miei genitori ogni volta che decidevo di viaggiare", disse Angie, con un'espressione di esasperazione sul volto. "*Ho* venticinque anni".

"La tua età non ha niente a che fare con questo", disse Joe. "Quando sei in un paese straniero, dobbiamo saperlo, nel caso succeda qualcosa o tu sparisca".

Angie si gettò i lunghi capelli sulle spalle con un cipiglio. "Senti, non è successo niente; non sarebbe successo niente. Ero perfettamente al sicuro, fine della storia".

"Ci siamo", disse Rachel, ricordando quanto ostinata e ingenua potesse essere sua figlia.

"Angie, non puoi vivere in modo così irresponsabile da metterti in pericolo", disse Joe.

"Non sono irresponsabile. Accidenti, papà!" Angie si alzò. "Speravo che, dopo esservi trasferiti in questo appartamento, vi sareste rilassati un po'. Ma siete ancora tutti e due così tesi".

Rachel decise di sedersi e lasciare che Joe gestisse le cose.

"Angie, siamo i tuoi genitori. Ci preoccupiamo per te, e lo faremo sempre. Se questo è essere tesi, beh, immagino sia meglio che ti ci abitui", disse. "Se non ti piace come si comportano i tuoi genitori, puoi vivere altrove".

"No, non posso. Non ho un altro posto dove andare in questo momento. Sono bloccata con voi per un po'". Angie lanciò un sorriso tenero a suo padre. "Inoltre, so che ti sono mancata".

Rachel non era così sicura che l'ultima parte fosse vera. Non le mancava il caos che Angie tendeva a creare nelle loro vite. Voleva una vita calma e pacifica. Tutte le persone che vivevano nel condominio di over cinquanta che lei gestiva creavano già abbastanza divertimento e caos per lei. Almeno loro non vivevano sotto il suo tetto.

"Ok, che ne dici di portare le valigie nella tua stanza?" Disse Rachel.

"Le porto io", disse Joe, alzandosi.

"Papà, le valigie hanno le ruote adesso", disse Angie. "Le puoi spingere".

"Come vuoi", rispose Joe con un gesto della mano.

Quando i tre si avvicinarono, si sentì provenire dalla zona dove le valigie erano state lasciate un forte frastuono.

"Cos'era quel rumore?" Chiese Rachel.

"Oh, è solo Precious", disse Angie.

"Precious chi?" Chiese Joe.

"Precious, il mio gatto", disse Angie.

"Hai un gatto?" Chiese Rachel.

"Sì. È insolito?" Disse Angie. "Ho sempre avuto gatti, fin dall'infanzia. Tu lo sai. I gatti sono la mia passione".

"Non hai mai parlato di un gatto", disse Joe. "Non sapevamo di un gatto".

"Allora, qual è il problema? Anche voi avete animali

domestici", disse Angie, accarezzando la testa di Rufus che le stava accanto.

"C'è un limite al numero di animali che possiamo avere in un'unità, Angie", disse Rachel. "Io gestisco questo condominio. Non posso avere più animali di quelli che ho attualmente. Un cane, un gatto. Punto".

"Beh, non starò qui a lungo, forse, quindi non dovrebbe essere un problema", disse Angie. "Me ne andrò prima che diventi un problema".

Rachel aveva dei dubbi al riguardo.

"C'è anche un limite su quanto tempo puoi visitare, visto che non hai cinquant'anni", disse Joe.

"Accidenti, quante regole! Come fai a sopportarle?" Disse Angie.

Joe guardò sua moglie e decise di non rispondere.

"Ok, portiamo i bagagli nella tua stanza", disse Rachel.

Tutti e tre sfilarono lungo il corridoio verso la seconda camera da letto. Joe tirò le valigie dietro di sé e poi le adagiò sul letto matrimoniale. Angie maneggiò lo zaino e il trasportino con Precious dentro.

"Oh, che bello", disse Angie quando entrò nella camera da letto. "Mi piacciono le pareti verde acqua, sono delicate".

"E il tuo bagno è laggiù, subito dopo il piano e il lavandino", disse Rachel, indicando l'altro lato del corridoio.

"Bello. Privato", disse Angie.

"Sì, lo è. E mi aspetto che tu mantenga tutto intatto mentre sei qui", disse Rachel.

"Oh, mamma, non ho cinque anni!"

Rachel non commentò. A volte sembrava che sua figlia si comportasse come una bambina di cinque anni.

"E la lettiera dov'è?" Chiese Angie.

"Molto convenientemente nel tuo bagno". Disse Rachel. "Presentaci il tuo gatto. Ora dovrò metterne un altra nell'altro bagno per Benny. Suggerisco di chiudere la porta in fondo al corridoio fino a quando gli animali non si conosceranno bene tra loro".

"Buona idea, mamma. Farò uscire Precious dopo che te ne sarai andata".

"Ok, allora. Ti lasceremo disfare i bagagli e riposare, se vuoi", disse Rachel, voltandosi per andarsene.

"Grazie, ragazzi", disse Angie. Sembrava sincera.

"A più tardi", disse Joe.

DUE

DOPO CHE ANGIE disfò le valigie e riposò per un po', ci fu il primo tentativo per presentare Precious al resto degli animali che vivevano nell'appartamento. Iniziarono mettendo Precious, nel suo trasportino, al centro del soggiorno. Il gatto cominciò a ringhiare soffusamente dentro il trasportino quando Rufus si avvicinò. Nessuno aveva visto Bennie dall'arrivo di Angie. Così tipico di un gatto, Bennie si stava senza dubbio nascondendo.

"Rufus, questa è Precious", disse Rachel, tenendo il collare di Rufus mentre lo metteva davanti al trasportino.

Precious emise un lamento orribile e cominciò a soffiare a Rufus da dietro le sbarre del trasportino. Rufus indietreggiò, come se non fosse sicuro di cosa ci fosse dentro. Forse non aveva mai sentito un tale ruggito da un altro animale? Rachel era allarmata dalla reazione del gatto. Rufus, pur essendo molto grande, era un vero fifone. Non avrebbe fatto male a nulla che camminasse o strisciasse.

"Oh, cielo", disse Rachel.

"Non ti preoccupare. Precious è una bambola", disse Angie.

Rufus non era così sicuro. Nemmeno Rachel ne era così

sicura. Joe rimase a guardare la scena. Poi il cane si rannicchiò, guardando il trasportino e l'animale all'interno da una distanza di un metro.

"Vorrei farla uscire per incontrare Rufus", disse Angie.

"Sei sicura?" Chiese Rachel. "Sembra che non le piaccia l'idea di incontrare nuovi amici".

"Oh, nessun problema", disse Angie, sganciando il trasportino. Angie aprì la porta della gabbia e un soffice gatto persiano bianco saltò fuori, pieno di sé.

Precious osservò brevemente l'ambiente circostante, poi prontamente piantò il suo abbondante didietro sul pavimento. Fece un piccolo suono di fusa che fece capire a Rachel che tutto stava andando bene. Durò poco.

Rufus, che era ancora a un metro e mezzo dal trasportino, si alzò e lasciò uscire un forte bau, al quale Precious si oppose, lasciando uscire la propria risposta vocale per esprimere il suo disappunto. Sibilò e soffiò in direzione del grosso cane, che immediatamente si rannicchiò di nuovo sul pavimento. Precious iniziò a ringhiare a Rufus, avvicinandosi a lui in modo viscido e minaccioso.

"Whoa, aspetta!" Rachel gridò, agitando le mani.

"Ehi, lascia stare Rufus, gatto!" Disse Joe, muovendosi verso i due animali. Si posizionò tra il gatto e il cane, sperando di contrastare qualsiasi aggressione.

"Ragazzi, caspita, va tutto bene", disse Angie. "È innocua".

Angie si abbassò, prese Precious e si allontanò da Rufus con il gatto in braccio.

"La porterò nella mia camera da letto finché Rufus non si sarà adattato".

Angie portò Precious nella sua camera da letto e chiuse la porta dietro di lei. Poco dopo, tornò dai suoi genitori per restare con loro.

"Va tutto bene, non c'è problema", disse Angie.

Mentre Angie non vedeva alcun problema, i suoi genitori avevano un altro punto di vista. Joe e Rachel si scambiarono degli sguardi, per niente sicuri che fosse tutto a posto.

"Allora, quando mangiamo?" Chiese Angie.

"Subito", disse Rachel, rivolgendosi ad altre questioni. "Andate a tavola, è tutto pronto".

Tutti si sedettero al tavolo, che era già stato apparecchiato per la cena, e Rachel portò fuori il pasto. Joe condusse la preghiera.

"Quali sono i tuoi piani mentre sei qui", chiese Joe mentre passava la grande insalatiera ad Angie.

"Non sono del tutto sicura. Ho bisogno di tempo per pensare, per meditare sul mio futuro", rispose, mettendo l'insalata nella sua ciotola. "Essendo così vicina alla spiaggia, la pace che porta, dovrei ricevere le mie risposte". Angie passò la grande ciotola a sua madre.

Rachel soffocò un commento, accettando in silenzio la ciotola. Questo atteggiamento era così tipico di Angie. Non era cambiato nulla. Era ancora a Lala Land, con la testa tra le nuvole e nessun senso della direzione.

"Quanto tempo pensi che ci vorrà per ricevere queste risposte?" Chiese infine Rachel.

"Non esiste il tempo nell'universo. Ci vuole il tempo che ci vuole", disse Angie.

Rachel sentì Joe fare un breve sospiro dall'altra parte del tavolo.

"Beh, prevedo che l'universo risponderà rapidamente ai tuoi bisogni, rendendosi conto che i tuoi genitori non finanzieranno le tue meditazioni per molto tempo", disse, riempiendosi la bocca con una forchettata di insalata.

"Oh, papà, che sciocco", disse Angie ridacchiando. Lo chiamava papà, quando voleva qualcosa o stava cercando di appianare un problema. "Potrei anche tornare a scuola".

"E studiare cosa?" Chiese Rachel. "Sei stata una studentessa per anni. Che io sappia, non hai mai avuto un vero lavoro".

"La vita non è fatta solo di soldi, mamma". Angie sgranò gli occhi, un'abitudine di sua madre.

Joe lanciò un rapido sguardo alla moglie e lei resistette all'impulso di parlare, ingoiando le parole con la lattuga.

"Quello che tua madre vuole dire è che a un certo punto della vita tutti devono mantenersi da soli. Noi non possiamo mantenerti", disse Joe. "Non pagheremo più la scuola, l'affitto di un appartamento, i tuoi vestiti, niente di più. Devi iniziare a pagare le tue spese".

Un leggero cipiglio si formò tra gli occhi di Angie.

"Ma, papà..."

"Niente ma, Angie". Rachel trovò la voce. "Trovati un lavoro, risparmia i tuoi soldi e trasferisciti. È ora che l'uccellino voli".

Angie posò la forchetta, guardando da un genitore all'altro per vedere quale fosse il più debole. Entrambi mantenevano espressioni ferme mentre masticavano la loro insalata. Quindi si concentrò su suo padre, il solito anello debole.

"Papà, trovare un lavoro potrebbe richiedere del tempo. Come ha detto la mamma, non ho mai avuto un vero lavoro, quindi potrebbe essere difficile trovarne uno", disse Angie, fissando intensamente il padre.

"Vero. Ma finché sarai incessantemente alla ricerca di un lavoro, noi capiremo. Sì, potrebbe volerci un po' di tempo per trovarne uno buono", concordò Joe. "Così, nel frattempo, ti trovi un lavoro da McDonalds o Wal-Mart per mantenerti".

Gli occhi di Angie si spalancarono per la sorpresa. Suo padre non le aveva mai parlato in quel modo.

"Ma, papà! A girare gli hamburger? Non puoi dire sul serio".

Joe guardò sua figlia in modo uniforme e parlò con calma. "Ci sono persone a cui piacerebbe avere un lavoro come cuoco in un fast food. E sai perché? Perché hanno bisogno di soldi per sopravvivere" disse Joe, tornando a guardare la sua insalata. "Proprio come te".

La stanza si fece molto silenziosa. L'unico rumore era il suono dell'insalata che scricchiolava.

TRE

RACHEL SI SEDETTE sulla sedia dietro la sua scrivania, felice di essere nel suo ufficio. Non era un ufficio grande, ma era abbastanza grande da ospitare diversi schedari, la sua scrivania, la sua sedia, e la sedia degli ospiti posizionata di fronte. Dietro di lei c'era il mini-frigo dove teneva le bottiglie d'acqua. Tutte le pareti tranne una erano di vetro, il che le dava il vantaggio di vedere chi si avvicinava, sia dall'esterno che dall'interno dell'edificio. Si era messa volentieri il suo berretto da amministratore di condominio e si era tolta quello di madre. Qualunque cosa portasse la giornata, era ansiosa di salutare ogni evento.

LuAnn Riley fu la prima a varcare la porta. I suoi capelli biondi le cadevano oltre le spalle, proprio come ci si aspetterebbe da una cantante country. LuAnn sarebbe potuta passare per la sorella di Dolly Parton, dato che aveva un viso e una forma fisica simile. E unghie lunghe.

"Ciao, tesoro".

"Siediti", disse Rachel, indicando la sedia di fronte alla scrivania. "Cosa c'è?"

"Volevo solo sapere se tu e Joe volete venire a sentirmi

cantare questo fine settimana e incontrare Derks?" Il suo bel viso brillava di gioia.

Derks Ford era il fidanzato di LuAnn. Era una coppia piuttosto recente, ma la situazione sembrava promettente, secondo LuAnn.

"Penso che possiamo", disse Rachel. "Ti dispiace se portiamo Angie?"

"Chi è Angie?"

"Nostra figlia. È in visita".

"Oh, tesoro, sarebbe meraviglioso", disse lei. "Venite e portate Angie con voi. Si divertirà".

"Sì, penso che si potrebbe divertire".

"Per quanto tempo starà da voi?"

"Questa è un'ottima domanda", disse Rachel con un sospiro. "Non ne ho idea".

"Oh, una di quelle situazioni". LuAnn annuì con la testa come se avesse capito. Anche se era stata sposata tre volte, LuAnn non aveva figli.

"Sì, ma Joe è davvero a bordo questa volta. Non credo che cederà ai suoi capricci".

"Non c'è niente come una figlia che sbatte le ciglia al suo papà. Funziona sempre", disse LuAnn. "Ha funzionato per me".

"Ci vediamo più tardi alla clubhouse?" Chiese Rachel.

"Sarò lì alle cinque. Ho delle commissioni da fare e poi devo andare a farmi le unghie". LuAnn tese una mano e mosse le dita.

"Ci vediamo, allora".

Non appena la porta si chiuse, Ruby Moskowitz entrò nell'ufficio. Ruby era la residente più appariscente del palazzo. Il suo abbigliamento preferito era un costume da bagno che rivelava tutto ciò che nessuno voleva vedere. All'età di novant'anni e qualcosa, le uniche cose che aveva da esporre erano membra magre ornate da articolazioni nodose con una pelle raggrinzita come copertura. Con i capelli rosso fuoco ammucchiati in cima alla testa e il rossetto rosso, era uno spettacolo da vedere mentre si pavoneggiava intorno alla piscina, sfoggiando la sua migliore camminata da modella.

"Ciao, Ruby", disse Rachel. Era abbastanza affezionata all'anziana donna, nonostante il pesante profumo di gardenia che la seguiva ovunque. Mentre la maggior parte delle residenti pensava che fosse sfacciata, soprattutto per gelosia, Rachel conosceva il suo lato compassionevole.

"Ciao, volevo solo farti sapere che Loretta non sta bene". Dal modo in cui Ruby fece la sua dichiarazione, a Rachel sembrò che fosse più che preoccupata.

"Che cos'ha?"

"Beh, non ne sono sicura", rispose lei, sedendosi sulla sedia di fronte alla scrivania. "Tossisce molto. Le ho detto di andare dal dottore, ma non vuole. Odia i dottori; dice che invece prenderà qualcosa per la tosse".

"Una donna della sua età non dovrebbe scherzare con la tosse".

"Lo so. Gliel'ho detto".

"Vuoi che le parli?"

"Non ancora. Se non riesco a contattarla, te lo farò sapere".

La porta dell'ufficio si aprì e Joe infilò la testa dentro. "Per tua informazione, il nuovo inquilino si sta trasferendo all'ottavo piano".

"Ok, grazie, Joe", rispose Rachel, voltandosi di nuovo verso Ruby.

"Allora, vado a prendere un po' di zuppa di pollo per Loretta", disse Ruby, alzandosi. "È una buona idea, potrebbe aiutare".

"Buona idea, Ruby. Tienimi informata, ok?"

"Certo".

Dopo che Ruby se ne andò, Rachel si sedette a riflettere. Loretta era un'elegante donna di circa ottant'anni. Era una buona donna cristiana con un passato che nessuno avrebbe mai indovinato dalle apparenze attuali. Loretta era stata una detective di alto profilo in Nevada. Ruby era l'informatrice confidenziale di Loretta, le portava importanti informazioni sull'élite influente che frequentava, grazie alla sua importanza come modella.

Le donne non si erano viste per decenni. Ruby si era allontanata deliberatamente perché temeva ripercussioni da parte di alcuni detenuti che avrebbero potuto venire a cercare Loretta. Poi, quando Loretta per coincidenza si trasferì nello stesso condominio, Ruby ebbe di nuovo paura di essere scoperta e continuò ad evitarla. Solo di recente erano diventate molto amiche, e avevano persino fatto una crociera alle Hawaii insieme. Rachel aveva grande rispetto per la saggezza di Loretta e le aveva chiesto consiglio in passato.

"Basta", disse ad alta voce. Aveva del lavoro da fare.

Rachel prese l'ascensore fino all'ottavo piano dove si stava trasferendo il nuovo inquilino del condominio. Non era un condominio qualsiasi. Era quello in cui aveva vissuto la sua amica Eneida, fino a quando era stata assassinata. In quell'unità. Ci vollero settimane prima che la polizia autorizzasse l'ingresso. I proprietari del condominio alla fine l'avevano pignorata e avevano dovuto pagare i lavori di ristrutturazione. Dopo aver riparato il muro dove una parte era stata rimossa come prova e poi dipinta, la moquette era stata rimossa e al suo posto erano state installate delle piastrelle. Rachel si era chiesta se sarebbe mai stato affittato o acquistato.

Uscì dall'ascensore e girò sulla passerella che si estendeva all'esterno attraverso ognuno dei dodici piani del condominio. Era una passerella aperta con una balaustra di ferro per evitare che qualcuno cadesse di sotto. Immediatamente, vide il movimento di persone che entravano nell'unità precedentemente libera. Diversi uomini stavano sollevando mobili e scatole. Sembrava che una squadra di professionisti fosse stata assunta per realizzare questo trasloco per il nuovo residente.

Rachel si avvicinò alla porta dove si stava svolgendo tutta l'azione. Un giovane uomo sporse la testa fuori quando Rachel si avvicinò. Aveva i capelli scuri, la barba pulita ed era abbastanza bello. Indossava una maglietta nera, jeans neri e aveva un corpo snello.

"Salve, sono Rachel Barnes, l'amministratrice del condominio", disse, allungando la mano verso di lui.

"Sì, bene, io sono Josh", disse in risposta, allungando anche la mano. "Josh Brigham. Mi sto trasferendo ora". Josh le sorrise. Era alto, molto più alto di Rachel.

"Sta andando tutto bene?" Chiese Rachel.

"Oh, sì, cosa potrebbe andare storto?" Josh sorrise ampiamente a Rachel.

"Spero niente", disse lei. "Se hai qualche problema, fammelo sapere. Il mio ufficio è al primo piano".

"Non prevedo alcun problema", rispose. "Grazie per esserti preoccupata".

"Di niente, Josh", disse lei, girandosi per andarsene.

L'impressione immediata di Rachel fu quella di un giovane molto educato. Essendo giovane, però, sperava che i suoi comportamenti non diventassero un problema. Non poteva fare a meno di chiedersi perché si stesse trasferendo in un condominio di ultracinquantenni. Forse era il figlio del nuovo residente, magari lo stava aiutando traslocare? Non lo sapeva, così decise di parlare con il presidente del consiglio di amministrazione del condominio e con il richiedente stesso. Quando tornò nel suo ufficio, tirò fuori la domanda di residenza e chiamò il richiedente, John Brigham.

"Sì", disse una voce maschile.

"Salve, sono Rachel Barnes, l'amministratrice dei condomini Breezeway in cui vi state trasferendo".

"Ok, sì". Fece una pausa, aspettando la risposta di lei.

"Beh, oggi ho incontrato un giovane uomo che immagino sia suo figlio? Si chiama Josh".

Rachel non sentì alcuna risposta alla sua domanda, così continuò. "Comunque, è stato molto educato e, credo, ha supervisionato il trasloco", disse. "Non l'ho conosciuta personalmente, signor Brigham, ho solo dei documenti qui sulla mia scrivania che mostrano che lei ha acquistato un'unità. Presumo che sia suo figlio? Voglio dire, le persone sotto i cinquant'anni non sono autorizzate ad acquistare un'unità abitativa qui".

Ci fu un breve silenzio prima che l'uomo parlasse.

"L'appartamento è mio. Ma non c'è bisogno di preoccuparsi, signora".

"Cosa?"

"Sarò in città tra qualche giorno. Josh si sta occupando di tutto, quindi non si preoccupi", rispose l'uomo.

"Stavo semplicemente chiedendo..."

"Come ho detto, sarò presto in città. Josh si occuperà di tutto in mia assenza, quindi non c'è motivo di preoccuparsi", disse. "Non vedo l'ora di incontrarla".

E con questo, l'uomo riagganciò il telefono.

Rachel si sedette sulla sua sedia, non sapendo bene cosa pensare della conversazione. Avrebbe voluto che il presidente del condominio fosse più disponibile in queste questioni. Come poteva sapere cosa stava succedendo con le vendite delle unità se non era informata? Questa era una situazione unica in cui l'associazione del condominio aveva pignorato l'unità e l'aveva rivenduta. Non era stata informata dei nuovi proprietari, tranne che sapere i nomi e la data approssimativa di arrivo.

La successiva chiamata che Rachel fece fu al presidente del consiglio di amministrazione del condominio, Charles Amos.

"Ciao, Rachel. Cosa posso fare per te oggi?" Charles sembrava allegro.

"Ti chiamavo riguardo i Brigham. Il figlio sta facendo il trasloco oggi. Si chiama Josh", disse. "Ho anche parlato con il padre, John Brigham, al telefono. Non mi erano chiari gli accordi, dato che siamo un condominio di ultracinquantenni. Josh è ovviamente molto più giovane di cinquant'anni. Il suo nome non è nemmeno sui moduli come proprietario".

"Niente di cui preoccuparsi, Rachel", disse. "É stato tutto risolto".

"Che cosa significa?"

"Significa, non preoccuparti", disse Charles.

Cosa stava succedendo? Due uomini in un breve periodo di tempo le stavano dicendo di non preoccuparsi dei dettagli di questa unità. Cosa c'era di così speciale nei Brigham?

"Non capisco la segretezza che circonda questa unità".

"Non c'è nessun segreto, Rachel. Il signor Brigham sarà presto in città. Josh sta trasferendo le cose di suo padre nell'unità", disse. "Fine della storia".

"Bene, ok", disse lei. Ma non credeva che quella fosse la fine della storia. C'era qualcosa di sospetto.

Rachel pensava che fosse particolarmente strano che qualcuno acquistasse un'unità dove era stato commesso un omicidio, specialmente quando erano disponibili altre unità. Per legge, ogni potenziale acquirente doveva essere informato di tutto. Chi vorrebbe un'unità dove è stato commesso un omicidio, un omicidio raccapricciante, per di più? A meno che non sia un becchino o Stephen King.

QUATTRO

PENELOPE HARDWOOD entrò nell'ufficio di Rachel. Si voltò per parlare con qualcuno ancora nel corridoio. "Aspettami", disse, poi si voltò verso Rachel.

"Buongiorno, Penelope".

Penelope era una donna dolce, una residente di lunga data nel condominio Breezeway. Era anche la spia di Rachel. Ogni volta che qualcuno si comportava male, Penelope era sempre misteriosamente presente per poi riferire l'incidente a Rachel.

"Sì, è un buon giorno, vero?" Rispose Penelope. "Ho qui la mia quota di condominio".

L'anziana donna mise un assegno sulla scrivania di Rachel, facendolo scorrere verso di lei con un dito ossuto. Nessuno l'aveva mai vista indossare altro che una vestaglia larga con un pesante cardigan abbracciato al corpo. Anche nelle comuni temperature di trentacinque gradi Celsius della Florida. Oggi non faceva eccezione.

"Grazie", disse Rachel. "Chi c'è nel corridoio?"

"Oh, è solo Alfred. Il suo assegno non è ancora pronto".

Alfred Thorn era un uomo anziano che spesso indossava giacche leggere, che gli davano un aspetto formale per essere uno che vive in Florida. Aveva capelli bianchissimi che sceglieva di far crescere fino al colletto, e sopracciglia bianche molto folte che Rachel desiderava tanto tagliare. Alfred e Penelope erano apparentemente diventati amici, con grande sorpresa di Rachel. Penelope era una persona molto corretta, così Rachel aveva supposto che l'aspetto formale di Alfred fosse stato un fattore di attrazione.

"Può entrare", suggerì Rachel.

"No, può semplicemente aspettarmi", disse lei. "Tanto qui ho finito".

"Ok, beh, buona giornata, Penelope".

"Grazie. Anche a te, cara" disse, stringendo il suo cardigan blu e camminando verso il corridoio dove Alfred stava pazientemente aspettando. Evidentemente, avendo un ripensamento, Penelope tornò.

"Dovresti saperlo, quella vedova sta dando spettacolo".

"Quale vedova?" chiese Rachel.

"Quella del sesto piano, Ethel Borenstein. Quella con i capelli blu ricci".

"Oh, quella vedova. Cosa sta facendo?"

"Per cominciare, si sta vedendo con Ruby in piscina".

"Cosa c'è di male?"

"Beh, non è vestita decentemente. Indossa costumi da bagno a due pezzi, di solito viola".

Ethel non era alta nemmeno un metro e mezzo ed era tanto rotonda quanto alta. La sua inclinazione a indossare costumi da bagno rivelatori iniziò dopo la morte di suo marito quando iniziò anche la sua amicizia con Ruby. Rachel comprendeva l'opinione di Penelope sull'abbigliamento della vecchia signora. Sembrava una mini-lottatrice di sumo con la carne che sporgeva ovunque.

"Penelope, non abbiamo regole sull'abbigliamento dei residenti. Se Ethel vuole indossare un costume da bagno a due pezzi viola, può farlo". Forse il colore accentuava i suoi capelli blu?

La vecchia signora allungò il corpo coperto dal cardigan in segno di superiorità, guardando di lato Rachel. "Beh, *io* non mi farei beccare morta con quello che indossa. È semplicemente indecente".

Rachel annuì silenziosamente, ma non condivise la sua opinione. Sapeva che Penelope non si sarebbe fatta beccare morta indossando qualsiasi tipo di abbigliamento succinto, tanto meno un costume da bagno a due pezzi.

"Forse posso suggerirle di indossare un copricostume quando è in pubblico", disse Rachel.

"Come minimo", disse Penelope, poi si voltò per andarsene.

Ethel aveva vissuto nel condominio per molti anni con suo marito. Dopo la sua morte, sembrava comportarsi come una donna libera. Sembrava vivere come le piaceva, usciva con altre donne, faceva nuove amicizie, come Ruby, e frequentava la piscina con costumi da bagno succinti. Rachel non aveva intenzione di dirle come vestirsi. Quella era una prerogativa della vecchia. Ma forse poteva suggerirle un copricostume.

"Non avete del vino in casa?" Chiese Angie mentre frugava nel frigorifero. "Non ne vedo qui dentro".

"No, non teniamo alcolici in casa", disse Rachel, guardandosi alle spalle dal bancone della cucina.

"Il vino non è alcol. Non è liquore, è vino. Solo vino", disse Angie con autorità.

"In realtà, Angie", disse Rachel, voltandosi dal bancone dove stava preparando un'insalata per la cena, "il vino e la birra hanno un contenuto alcolico. Forse non una percentuale così alta come nei liquori, ma è presente. Ci si può ubriacare con il vino come con la vodka, per esempio".

"Davvero? Hmm. Da quando sei diventata così esperta in materia?" Chiese Angie, sedendosi al tavolino della cucina.

"Da quando ho scoperto di essere diabetica. Ho dovuto imparare ogni cosa su come mangiare correttamente per la mia condizione". Era la prima volta che parlava della sua malattia ad Angie.

L'espressione di Angie cambiò dopo aver sentito che sua madre era diabetica.

"Tu? Diabetica?" Chiese Angie con stupore.

"Sì, purtroppo. Sono quasi annegata nella vasca da bagno a causa del diabete. Tuo padre mi ha trovata appena in tempo e sono andata al pronto soccorso. È stato allora che mi è stato diagnosticato, ma avevo i miei sospetti". Rachel tornò al bancone. "Se tu avessi chiamato a casa ogni tanto, te l'avrei detto".

"Scusa. Wow. Diabete. Quindi non tieni alcolici di nessun tipo in casa per questo motivo?" Chiese Angie.

"Corretto. Tuo padre non beve, io non bevo, quindi perché averne in casa?" Disse Rachel.

"Lo capisco. Ok, nessun problema. Raramente bevo, comunque", disse Angie, alzandosi. "Vado a dare da mangiare a Precious".

Angie aprì la porta del corridoio e trovò Precious in piedi proprio davanti alla porta. La vide come un'opportunità di fuga e Precious saltò in avanti verso la libertà. Attraversò la sala da pranzo e poi dritta nella camera da letto di Joe e Rachel dove scomparve sotto il letto. Non ci volle molto perché scoppiasse un putiferio, sotto il letto c'era anche Benny.

Angie e Rachel corsero verso il rumore proveniente da sotto il letto, dove entrambi i gatti stavano emettendo sibili e ringhi. Era il primo incontro di Benny con Precious. Sotto il letto era il suo territorio, e lui stava rendendo chiaro il suo disgusto per l'invasione, con i suoi ringhi sempre più forti. Tutto il trambusto portò Rufus nella camera da letto per indagare. Cominciò ad abbaiare verso il putiferio.

"Precious, esci da lì", disse Angie, sollevando la coperta mentre sbirciava sotto il letto. "Vieni qui".

"Benny, sii gentile", disse Rachel con voce severa. "Ti presento il tuo nuovo amico".

"Nuovo amico? Stai scherzando? Si faranno a pezzi a vicenda!". Angie strillò.

"Prendo una scopa per scacciarli", disse Rachel, lasciando la stanza.

La lotta si intensificò quando Rachel tornò nella zona di guerra. Dato il rumore dei colpi sul pavimento di legno, immaginò che fossero entrati in contatto fisico l'uno con l'altro e stessero rotolando. O almeno così sembrava. Nel frattempo, Rufus continuava la sua serenata. Rachel infilò la scopa sotto il letto mentre Angie teneva sollevata la coperta in modo che sua madre potesse vedere sotto. Entrò in contatto con le due palle di pelo che rotolavano e le spinse fuori. Entrambi i gatti apparvero, soffiando e sibilando, poi scapparono dalla stanza in direzioni diverse. Rufus si mise all'inseguimento, non sapendo quale gatto inseguire. Rinunciò in fretta e si sdraiò vicino alla porta a vetri che portava al balcone.

Angie sussultò: "Guarda il suo pelo! Il mio povero gatto! Oh, la mia Precious".

"Calmati. È scappata, non è ferita", disse Rachel. "Ha solo perso un po' di pelo. Niente di che".

"Niente di che?" A quanto pare, era un grosso problema per Angie. "È una purosangue. Ha i documenti!"

"Beh, usa la lettiera, proprio come Benny", disse Rachel. "Precious è un gatto. Fattene una ragione".

Angie guardò sua madre con un'espressione indignata. "È la mia bambina".

"Beh, tieni il la tua bambina nella tua stanza, così non si rovina di nuovo le piume".

"Precious, tesoro. La mamma sta arrivando", chiamò Angie mentre si dirigeva verso la sua camera da letto, chiudendo là porta.

Non appena la porta si chiuse, la porta d'ingresso si aprì. Entrò Joe.

"Ehi,"

"Ehi tu", disse Rachel mentre si dirigeva verso la cucina. "Ti sei appena perso il grande incontro".

"Tu e Angie ci avete dato dentro?"

"No. Precious e Benny".

"Oh. Chi ha vinto?"

"Difficile da dire, anche se Precious ha perso un po' di pelo", disse Rachel, raggiungendo il frigorifero per prendere il condimento dell'insalata. "Precious e Angie sono in camera da letto, ora".

"Come è cominciata?"

"Precious è scappata ed è corsa sotto il nostro letto. Benny era lì, naturalmente, e così è iniziata la lotta", disse.

"Ehi, Benny dorme lì la maggior parte del tempo".

"Lo so".

Angie uscì dalla sua camera da letto con uno sguardo preoccupato.

"Papà, Benny ha picchiato Precious".

"Ho saputo", disse Joe. Rachel sapeva che stava per essere manipolato.

"Devi fare qualcosa riguardo Benny", disse Angie, sedendosi al tavolo della sala da pranzo.

"Come cosa? Lui vive qui". Joe raggiunse sua figlia al tavolo.

"Ma anche Precious vive qui, ora", disse Angie.

"Precious è un ospite. Precious se ne andrà quando tu te ne andrai", disse Joe. "Forse hai bisogno di muoverti un po' più velocemente perché questo accada".

"Ma papà!"

"Ok, voi due, andate a lavarvi le mani, la cena è pronta", interruppe Rachel mettendo l'insalatiera sul tavolo

Joe andò in cucina a lavarsi le mani, Angie al lavandino nel bagno della coppia.

"Allora, come sta andando la caccia al lavoro?" Chiese Joe sedendosi di nuovo al tavolo.

La testa di Angie si alzò rapidamente dopo essersi seduta. "Quale caccia al lavoro? Sono preoccupata per il mio gatto".

"La caccia al lavoro di cui abbiamo parlato quando sei arrivata". Joe si servì di un po' di insalata e passò la ciotola a sua moglie. "Si suppone che tu stia cercando un lavoro".

Angie sospirò quando accettò la ciotola da sua madre. "Beh, non l'ho fatto. Sono arrivata solo ieri. Quindi sono stata in spiaggia a meditare".

"Lo vedo. Hai la faccia un po' arrossata", disse Joe, prendendo il condimento per l'insalata. "Domani ti voglio a battere le strade per un lavoro. Qualsiasi lavoro".

"Qualsiasi lavoro?" Chiese Angie.

"Qualsiasi lavoro rispettabile. Anche se è a salario minimo", disse Joe. "Rendiamo grazie prima di mangiare".

La discussione si fermò abbastanza a lungo perché Joe potesse dire la preghiera.

"Tipo, dove?" Chiese Angie.

"Prova il centro commerciale", suggerì Rachel. "Ci sono molti ristoranti in quella zona. Molte opportunità di lavoro".

Angie guardò sua madre dall'altra parte del tavolo. "Davvero? Vuoi che lavori al centro commerciale?"

"L'ho fatto quando avevo la tua età. In realtà, ero più giovane", disse Rachel, girando l'insalata nella ciotola con la forchetta.

Angie guardò suo padre. "Papà?"

"È una buona idea. Anche i ristoranti. Ci sono molti lavori da quelle parti", disse sorridendo a sua figlia. "Un sacco di opportunità per te, tesoro".

Angie si riempì la bocca di insalata, masticando in silenzio piuttosto che discutere con i suoi genitori. Rachel sapeva cosa stava pensando sua figlia: *Un lavoro? Lavorare al centro commerciale?* La prospettiva di lavorare non piaceva ad Angie. Non aveva mai avuto un vero lavoro, e Rachel sospettava che non lo volesse. La necessità le sfuggiva. Immaginava che Angie fosse abbastanza contenta di permettere ai suoi genitori di pagare tutto. Beh, questo non sarebbe successo. Non questa volta.

DUE GIORNI DOPO, Angie entrò nell'ascensore al piano terra. Prima che la porta si chiudesse, una mano si allungò tra le porte, spingendole da parte. Entrò un bell'uomo. Era ben rasato e aveva i capelli neri tagliati corti sopra le orecchie con una lunga frangia che gli attraversava la fronte.

"Che piano?" chiese lei, guardandolo dritto in faccia.

"Otto", disse lui, ricambiando il suo sguardo.

Angie desiderò immediatamente di aver indossato qualcosa di più rivelatore. Ma era in cerca di lavoro, quindi indossava un paio di pantaloni neri e una semplice camicia bianca. I suoi capelli erano tirati in una coda alta che mostrava i cerchi d'oro che pendevano dalle sue orecchie.

"Io vado al quarto", disse Angie, spingendo entrambi i piani.

"Allora, siamo vicini distanti, a quattro piani di distanza", disse. "Sono Josh Brigham".

"Angie Barnes", disse lei, allungando la mano verso la sua.

"Barnes?" disse, prendendole la mano nella sua. "Una parente dell'amministratrice?"

Josh era vestito di nero, tranne i sandali. Aveva gambe forti che sbucavano dai suoi pantaloncini neri, le braccia e il petto presentavano dei muscoli scolpiti sotto la maglietta.

"È mia madre".

"Bello".

L'ascensore suonò per segnalare che era arrivato al piano.

"La mia fermata", disse Angie, uscendo e tornando velocemente indietro. "Ci vediamo in giro".

Josh alzò la mano in risposta.

Angie entrò nell'appartamento dei suoi genitori.

"Sono qui", disse Rachel dalla cucina.

"Ciao", disse Angie. "Ho appena incontrato un ragazzo molto bello in ascensore".

Rachel fece scorrere nella sua mente tutti gli uomini che poteva immaginare che Angie ritenesse belli. Ce n'era solo uno che corrispondeva a quella descrizione.

"Hai incontrato Josh?"

"Sì. Ed è un fusto".

Rachel capì perfettamente cosa intendesse Angie. Josh era un fusto, anche secondo lei.

"Precious ha bisogno di attenzioni", disse Rachel, slegando il grembiule bianco intorno alla vita. Stava cercando di mantenere i suoi pantaloni bianchi e il suo top presentabile fino a quando Joe non fosse arrivato a casa. "Stava graffiando la porta per uscire".

"Ok", disse Angie, girandosi verso la porta che separava la sala da pranzo dal corridoio. "La mia Precious sente la mia mancanza".

Angie si abbassò mentre apriva la porta per evitare che Precious scappasse di nuovo. Spingendo il gatto indietro con la mano, si infilò tra la porta e lo stipite, impedendo con successo a Precious di avere un altro incontro con Benny.

Rachel andò sul balcone per godersi il sole del tardo

pomeriggio. Mise i piedi sul poggiapiedi e appoggiò la testa all'indietro contro la sedia imbottita, mentre prendeva una rilassante boccata d'aria di mare. Da questa posizione, poteva vedere i residenti che si godevano la piscina sottostante. Accanto alla piscina c'era un bel giardino, pieno di una varietà di cespugli e piante fiorite. Oltre il giardino c'era la sabbia e l'Oceano Atlantico. Una vista bellissima e riposante.

Niente le sembrava insolito, tranne il fatto che Alfred seguiva Penelope mentre camminava intorno alla piscina. Penelope non andava mai in piscina, preferiva girarci attorno un paio di volte al giorno. Rachel sospettava che questa fosse la sua idea di esercizio fisico. Quel giorno, Penelope indossava un pesante cardigan rosa mentre camminava cautamente intorno alla piscina. La cosa insolita era Alfred, non il maglione.

Anche Ruby era presente, prendeva il sole a bordo piscina in un costume da bagno rosa caldo. La pelle della donna era così abbronzata da anni di bagni di sole che pendeva dalla sua ossatura, drappeggiandosi come carta crespa marrone. Indossava un cappello per evitare che la collezione di rughe si moltiplicasse sul viso. Che personaggio.

Rachel sentì la porta d'ingresso chiudersi alle sue spalle.

"Joe?" chiamò.

"Sì, sono io", disse, mettendo la busta di un negozio sul tavolo della sala da pranzo.

Joe attraversò la stanza fino al balcone dove sedeva Rachel e si sedette accanto a lei. Guardò sua moglie e disse: "Ciao".

"Ciao, a te", disse Rachel.

"Dov'è Angie?" Chiese Joe.

"Proprio qui, papà", disse Angie avvicinandosi al balcone.

"Unisciti a noi", disse Rachel, facendo cenno verso l'altra sedia.

Angie si sedette, mettendo i piedi nudi sullo sgabello accanto ai piedi di sua madre.

"Sei andata a cercare lavoro oggi?" Chiese Joe.

"Sì, l'ho fatto", disse Angie. "Tutto il giorno. Proprio come ieri".

"Allora, cos'è successo?" Chiese Rachel.

"Beh, questo non è il periodo dell'anno per trovare un lavoro nel commercio, così ho scoperto", disse Angie. "Al centro commerciale non assumono, e neanche i pochi negozi in cui mi sono avventurata fuori dal centro commerciale lo fanno. La fine della stagione natalizia non è il momento di cercare lavoro. Quindi, la vendita al dettaglio è fuori, temo".

"Mi dispiace, cara", disse Joe.

"Non fa niente. Ho trovato comunque un lavoro".

"Cosa!" dissero entrambi i genitori sedendosi dritti sulle loro sedie.

"Dove?" Joe chiese per primo.

"In un piccolo locale di hamburger sulla spiaggia. A conduzione familiare", disse Angie. "Brian's Burgers".

"Non è lontano da qui", disse Rachel.

"No, non lo è e questo è un vantaggio. Posso andare al lavoro a piedi". Angie lasciò cadere la testa sulla sedia. "Non dovrò prendere in prestito la tua macchina".

"Beh, Angie, è una grande notizia", disse Joe. "Sono orgoglioso di te".

"Grazie, papà".

"E sono anche io orgogliosa di te", disse Rachel.

Angie sorrise a se stessa, ovviamente contenta che i suoi genitori fossero orgogliosi di lei.

Rachel bussò alla porta di Loretta e aspettò. Non si aspettava che l'ottantaseienne sarebbe venuta ad aprire. Quando Loretta finalmente aprì, Rachel fu presa alla sprovvista. Normalmente perfettamente pettinata e vestita impeccabilmente, la donna davanti a lei non assomigliava a nulla di tutto ciò.

"Buongiorno, Loretta", disse Rachel. "Posso entrare?"

"Certo, cara", disse, facendosi indietro per permettere a Rachel di entrare. "Sediamoci a tavola".

Rachel si avvicinò al bel tavolo di mogano della sala da pranzo, prendendo posto sulla prima sedia. Un bellissimo servizio da tè d'argento era al centro del tavolo. Rachel poté vedere altri pezzi d'argento all'interno della vetrinetta contro il muro. Più lontano c'era il soggiorno, arredato con eleganti mobili in stile provinciale francese. Il tessuto sembrava essere di seta bianca. Quadri originali adornavano le pareti. La donna aveva buon gusto.

Loretta si avvicinò lentamente e si sedette a capotavola. L'odore di Vicks VapoRub riempì le narici di Rachel.

"Loretta, Ruby è molto preoccupata per la tua salute", disse Rachel. "È venuta di nuovo in ufficio oggi per dirmi che non ti sei ancora ripresa né sei andata dal dottore?"

Loretta fece un profondo sospiro, sembrava stanca, e poi cominciò a tossire. Il suo colorito era pallido, le labbra formavano una linea sottile sul viso. "Ha buone intenzioni".

"Certo", concordò Rachel. "Ma non hai un bell'aspetto, Loretta. Non pensi che sia il momento di vedere un dottore e scoprire cosa c'è che non va?"

Loretta raccolse la sua vestaglia viola e guardò giù verso i pompon viola attaccati alle sue pantofole. La parte anteriore dei suoi capelli bianchi era allentata dietro le orecchie e il resto era tirato indietro in una sciatta coda di cavallo, uno stile che Rachel non le aveva mai visto.

"Ruby mi sta tormentando per andare", disse, guardando il viso di Rachel. "Credo che dovrei farlo. Ma io odio i medici".

"Da quanto tempo ti senti male e tossisci?"

"Circa due settimane".

"Loretta, è troppo tempo per non vedere un dottore. Ti ci porterò io stessa, se vuoi", disse Rachel gentilmente.

"No, cara, hai troppo da fare", disse Loretta, appoggiandosi alla sedia. "Mi farò accompagnare da Ruby".

"Guida ancora?"

"Sì, ma piuttosto male", disse Loretta, permettendosi un leggero sorriso. "Ma è capace di portarmi lì".

"Ok, allora. Questo mi fa sentire meglio", disse Rachel, alzandosi e lisciandosi con le mani le pieghe dei suoi pantaloni turchesi. "Voglio che mi chiami e mi dica cosa dice il dottore".

"Lo farò. Lo prometto" disse Loretta, alzandosi tremante dalla sedia.

"Esco da sola, non ti disturbare, ok?" Disse Rachel, allungando la mano verso la vecchia signora, toccandole il braccio.

"Sì, cara. Grazie per essere venuta". E con questo, Loretta voltò le spalle e si diresse verso la sua camera da letto, ovviamente debole. "Prenderò un appuntamento", disse senza girarsi.

SEI

RACHEL ERA QUASI pronta a chiudere l'ufficio quando Ruby entrò. Sembrava leggermente senza fiato e un po' frenetica.

"Ruby, cosa sta succedendo?" Chiese Rachel.

"Loretta ha la polmonite", disse Ruby, crollando sulla sedia. "È in ospedale. Lo sapevo e basta. Sapevo che c'era qualcosa non andava".

"Oh, Ruby, mi dispiace tanto", disse Rachel, uscendo da dietro la sua scrivania. "Cosa posso fare per aiutarti?" Rachel mise una mano sulla spalla di Ruby.

"Non saprei proprio", disse Ruby, scuotendo la testa. "Non posso perdere Loretta, proprio non posso".

Quell'affermazione spezzò il cuore di Rachel. Erano state così amiche, e poi si erano allontanate per così tanti anni, si erano ritrovate, e poi era successo questo.

"Ruby, andrà tutto bene. Davvero, andrà bene".

Ruby guardò Rachel, con un'espressione che mostrava chiaramente i suoi dubbi, e poi i suoi occhi cominciarono a riempirsi di lacrime. Rachel si piegò, prese Ruby tra le braccia e la abbracciò. "Ruby, Ruby, andrà tutto bene. Vedrai".

Rachel permise all'anziana donna di piangere

silenziosamente sulla sua spalla. Dopo poco tempo, Ruby si sedette più dritta e Rachel tirò indietro le braccia e si mise in piedi.

"Meglio ora?" Chiese Rachel. Amava entrambe queste donne. Anche se erano anziane, sentiva come se fossero sue amiche. Le importava di loro.

Ruby annuì con la testa. "Meglio".

Si alzò dalla sedia e si diresse verso la porta, girandosi prima di uscire.

"Grazie, Rachel".

"Tienimi informata su Loretta", disse Rachel.

"Lo farò".

Joe tirò fuori una sedia per Rachel al tavolo rotondo più vicino al palco. Angie si sedette accanto a sua madre, e Joe si sedette accanto a sua moglie. LuAnn era sul palco a cantare in un nuovo locale, il Brass Rail. Si trovava sulla spiaggia, come il posto in cui aveva suonato in precedenza. Non ci volle molto perché un cameriere arrivasse per prendere le loro ordinazioni. Tutti ordinarono una soda.

"È carina", disse Angie, infilandosi una ciocca di capelli dietro l'orecchio. "Mi piace il suo vestito".

LuAnn indossava stivali neri alla coscia con una lunga gonna rosa che cadeva sopra. Uno spacco nella gonna si insinuava lungo la gamba ben sopra il ginocchio. Il top che indossava era di un tessuto bianco lucido con maniche lunghe e una scollatura profonda. Le mani di LuAnn giocavano con i suoi capelli biondi, che erano tirati in un'acconciatura arruffata. Rachel notò che le sue unghie eccezionalmente lunghe erano dell'esatta tonalità di rosa della gonna. Pensava che LuAnn fosse bellissima.

Una volta finita la canzone, LuAnn prese la chitarra. Rachel ridacchiò perché la chitarra era bianca come la neve con delle labbra rosa stampate. Questa era una delle venticinque chitarre della collezione di LuAnn che lei usava sempre abbinate con gli abiti. Quando LuAnn ricominciò a cantare, uno dei chitarristi della band si fece avanti per accompagnarla. Era un uomo di bell'aspetto, con i capelli biondi e il pizzetto in tinta. Poco più alto di LuAnn, era snello nei suoi jeans blu e nella sua camicia a quadri. Erano una bella coppia, entrambi biondi e di bell'aspetto.

"Quello è Derks?" Chiese Joe, chinandosi verso Rachel.

"Credo di sì", disse Rachel. "LuAnn ha detto che suona nella band".

"Sono bravissimi", disse Angie, che ora sorrideva e batteva le mani.

Angie aveva ragione. Le voci della coppia si armonizzavano bene. Di conseguenza, attiravano un pubblico che aumentava sempre più ogni settimana da quando avevano iniziato a suonare lì. Il gruppo e LuAnn si aspettavano che il loro ingaggio venisse prolungato.

Una volta terminato il set, LuAnn scese dal palco, spingendo l'uomo dai capelli biondi verso il loro tavolo.

"Ciao a tutti. Questo è Derks, gente" disse LuAnn, con un bel viso raggiante mentre si teneva al braccio di Derks.

"LuAnn, questa è mia figlia Angie. Tu conosci Joe", disse Rachel. "Piacere di conoscerti, Derks". Rachel gli strinse la mano.

Joe si alzò per stringere la mano e salutare Derks. Diede a LuAnn un rapido bacio sulla guancia. Angie rimase seduta, sorridendo a tutti. LuAnn prese la sedia rimanente con Derks in piedi dietro di lei.

"Ragazzi, siete così belli insieme", disse Rachel. "E LuAnn, adoro il tuo vestito. Quegli stivali sono pazzeschi".

"Oh, grazie, tesoro", disse LuAnn. "È una cosa a caso presa dall'armadio".

"Mi piacerebbe vedere quell'armadio. Io sembro sempre una sempliciotta", disse Angie, abbassando lo sguardo su se stessa.

Tutto ciò che aveva indosso erano semplici jeans blu, scarpe da ginnastica e una camicia rossa.

"Beh, dovrai venire da me qualche volta e dare un'occhiata ai miei vestiti", disse LuAnn calorosamente. "E la mia collezione di chitarre". Allungò la mano sul braccio della giovane donna.

"Quella lassù è abbastanza spettacolare", disse Angie indicando il palco.

LuAnn rise. "Ho avuto questa folle idea di baciare la chitarra dappertutto. Mi piaceva come era venuta, così ho messo un sigillante sopra le impronte delle labbra. Voilà, eccola qui!"

Rachel guardò Derks con attenzione quando parlava o reagiva a LuAnn. Sembrava essere sinceramente premuroso e rispettoso. Le piacevano le rughe che si formavano intorno ai suoi occhi quando le sorrideva. Forse questa relazione sarebbe stata una cosa duratura.

In poco tempo, Derks e LuAnn tornarono sul palco per eseguire il loro set successivo. Rachel e la famiglia rimasero per tutto il set e poi tornarono a casa.

Dato che Angie non doveva presentarsi al lavoro prima delle due, decise di concedersi un po' di sole quella mattina. Indossò un bel bikini a pois bianchi e blu, si stese sulla sedia a sdraio dopo essersi protetta dai raggi roventi, raccogliendo i suoi lunghi capelli su un lato e lasciandoli cadere sul bordo. Proprio mentre stava chiudendo gli occhi, sentì uno splash quando qualcuno entrò in acqua. Aprendo gli occhi, vide il fusto che usciva dalla piscina. Il suo corpo brillava, le gocce d'acqua si aggrappavano alla sua pelle mentre tornava al trampolino. Angie guardò con interesse i muscoli della sua schiena e delle gambe mentre camminava e poi saliva i gradini del trampolino. Indossava un costume da bagno nero molto piccolo, che copriva a malapena qualcosa. Josh fece un piccolo salto sul trampolino prima di tuffarsi in acqua. Quando ne uscì, lei applaudì.

"Bravo! Questo è da dieci!"

Josh si guardò intorno per vedere chi avesse parlato. Quando i suoi occhi si posarono su Angie, sorrise ampiamente. Si avvicinò dove lei era sdraiata e le sorrise. Lei notò che i suoi occhi scrutarono rapidamente il suo corpo.

"Piacere di rivederti", disse, spazzandosi i capelli indietro dal viso con entrambe le mani.

"Anche per me. Vuoi sederti?"

Josh raggiunse la sedia a sdraio libera più vicina e la tirò verso Angie.

"Bel tuffo", disse Angie, girando la testa di lato verso di lui.

"Grazie, ma sono arrugginito. È molto che non vado in piscina, ho bisogno di pratica", disse Josh, guardandola.

"Beh, a me sembravi abbastanza bravo", disse lei. "Io non so tuffarmi".

"Vuoi imparare?"

"Non proprio; ho paura".

"Umm. Allora, cosa fai?" chiese.

"Viaggiare. Ho viaggiato molto quest'anno. Ma visto che sono dai miei genitori, mi hanno detto che devo trovarmi un lavoro", disse lei, dandogli un'occhiataccia. "Così, ora sono impiegata da Brian's Burgers. Oggi è il mio primo giorno. Woohoo!"

Josh rise. "Ok. Potrebbe andare peggio".

"Suppongo di sì. Non sono abituata a lavorare. Sono stata una di quegli studenti di lungo corso". Angie prese un asciugamano e iniziò a tamponarsi. "Pensavo che l'India fosse calda. La Florida se la gioca con quel paese".

"Sei stata in India?"

"Sì, è stato fantastico", disse. "Ho vissuto in diversi ashram quando sono stata laggiù. Un'esperienza incredibile".

"Non sono mai stato in un ashram".

"Ma sai cos'è?"

"Sì. Un luogo spirituale dove vive un guru e si può meditare e fare yoga". La sua espressione suggeriva che voleva che lei fosse d'accordo con la sua definizione.

"Sì, è più o meno così", disse Angie. "Ci sono cerimonie spirituali e Satsang, sai, discorsi spirituali del guru? Meditazione. È tutto fantastico".

"Allora, ti piacciono la meditazione e i guru?", chiese.

"Oh, certo. È la mia passione. Mi manca l'ashram e il guru", disse. "Sono venuta qui da un ashram in California. È praticamente dove ho sempre vissuto da adulta, escludendo i dormitori del college".

Josh mise le braccia dietro la testa. "Non ho mai sperimentato nulla di tutto ciò. Nemmeno i dormitori", disse.

"Davvero? Non sei andato all'università?" chiese lei.

"No. Sono entrato in affari con mio padre. Non c'era bisogno di andare al college", disse.

"Oh, pensavo che tutti andassero al college".

Josh la guardò in modo strano. "Non più di quanto tutti vivano in un ashram".

Angie si chiese se lui pensasse che lei fosse viziata, così cambiò argomento. "Allora, cosa fai quando non ti tuffi dai trampolini?"

"Lavoro. Mio padre viaggia molto, quindi mi occupo degli affari qui quando lui non c'è".

"Non puoi viaggiare con lui? O da solo?"

"Raramente. Non ha a che fare con il mio lavoro".

"Oh". Angie non riusciva a capire perché non sembrava voler viaggiare. Lei amava viaggiare. "Allora, vivi qui nel condominio?"

"Per ora. Quando papà starà via, io sarò qui". Teneva gli occhi puntati in avanti mentre parlava.

"Quando lui sarà qui, tu dove sarai?"

"In un altro condominio, per affari".

"Un altro appartamento? Ne hai più di uno?"

"Papà ha appartamenti dappertutto. Vado dove c'è bisogno di me".

"Oh". Angie lo contemplò un po'. "Perché avrebbero bisogno di te?"

"Questo è confidenziale", disse, mentre cambiava posizione.

"Riservato? Ok, come vuoi". Angie pensò che sarebbe stato meglio rinunciare a quella linea di conversazione. Josh non sembrava interessato a discutere del suo lavoro.

"Non voglio essere scortese, ma è confidenziale, tutto qui". Josh chiuse gli occhi.

"È tutto a posto. Non ho bisogno di saperlo", disse Angie. "Che ore sono?"

"Non ne sono sicuro, ma devono essere passate le dodici", disse Josh.

"Oh, è meglio che vada", disse Angie, mettendosi a sedere. "Devo prepararmi per il lavoro".

"Sì, meglio non fare ritardo il tuo primo giorno", disse, aprendo gli occhi e studiando Angie mentre si alzava con il suo asciugamano in mano.

"Forse possiamo uscire qualche volta?" Chiese prima di perdere l'occasione.

Angie sorrise a Josh. "Mi piacerebbe".

"Vengo con te".

"Ok", disse lei.

Angie si allontanò, sapendo che Josh la stava studiando, come lei aveva studiato lui prima.

SETTE

JOE SI TROVAVA nel parcheggio e notò un uomo che non aveva riconosciuto entrare nell'area dell'ascensore dopo aver citofonato. Seguì per vedere a quale piano l'uomo scendesse. Fu interessante vedere che l'uomo entrò nella vecchia unità di Eneida. Joe si diresse verso l'ufficio di Rachel per fare rapporto. Si sedette sulla poltrona di lusso che lei aveva per i visitatori. Non gli era mai piaciuta la sedia perché era scomoda, ma riconosceva il suo valore per incoraggiare le visite brevi.

"Ehi, Joe".

"Ehi", disse, mentre tirava fuori dalla tasca un panno per asciugare il sudore dalla cima della sua testa calva. "Ho appena visto il nuovo residente dell'810. È salito con l'ascensore".

"Oh? Che aspetto aveva?" Chiese Rachel, curiosa dell'uomo.

"Beh, pensavate che fossi calvo", disse Joe con un sorriso, "questo tizio è una cupola cromata. Non un capello su tutta la testa".

"Davvero?"

"Già. Niente peli sul viso, anche".

"Cosa indossava?"

"Un abito chiaro e una cravatta".

"Hmm. Non deve essere della Florida", disse Rachel. "Sarà anche inverno, ma qui fa ancora caldo".

"È quello che pensavo. Aveva anche una valigetta".

"Dovrebbe essere un uomo d'affari. Interessante".

"È successo qualcosa? Qualcuno ha bisogno di manutenzione oggi?" chiese. Joe si occupava di tutta la manutenzione del condominio. Era un buon accordo dato che a Joe piaceva tenersi occupato.

"No, ma è successo qualcosa di strano", disse Rachel. "Stavo esaminando il nastro di sicurezza per vedere se qualcosa sembrava fuori posto, e indovina cosa ho visto?"

"Non ne ho idea, cosa?"

"Ricordi l'uomo visto qualche tempo fa con un cappotto lungo e un cappello? Stava cercando di entrare, ma non riusciva a farsi aprire e qualcuno pensava che avesse un'aria sospetta". Disse Rachel mentre rovistava in una pila di fogli.

"Certo. Abbiamo pensato tutti che fosse strano perché nessuno si veste così in Florida", disse Joe. "Soprattutto nei mesi estivi".

"Beh, è tornato in visita". Rachel pescò la foto dal mucchio di carte e porse a Joe l'immagine di un uomo. L'uomo era vestito con quello che sembrava un cappotto e un cappello.

"Stava cercando di entrare di nuovo, come l'altra volta", continuò. "Allora ho stampato una foto. L'ultima volta non avevamo telecamere di sicurezza".

"Lo so", disse Joe, guardando la foto. "Sembra un tipo losco".

"Vero? L'ho pensato anch'io". Rachel era contenta che Joe fosse d'accordo.

"Cosa hai intenzione di fare?"

"Ho pensato di darne una copia al detective France. Lo abbiamo avvisato di quest'uomo quando è venuto qui la prima volta. Pensavamo tutti che avesse legami con la mafia e Loretta, ricordi?" Disse Rachel, riprendendo la foto da Joe.

"Sì, mi ricordo", disse Joe. "Non sarebbe male farlo. Mi chiedo chi sia e perché continui a venire da queste parti".

"Non lo so. Ma se ha a che fare con un fallito attentato alla vita di Loretta, la polizia deve sapere che è tornato".

"Forse è un bene che sia in ospedale?"

"Forse", concordò Rachel, rivolgendo la sua attenzione verso la porta che si stava aprendo. Entrò il nuovo residente.

"Salve, signor Brigham", disse Rachel, alzandosi dalla sedia per stringergli la mano. "Sono Rachel; abbiamo parlato al telefono. Questo è mio marito Joe".

Joe si alzò per stringere la mano dell'uomo, poi gli offrì il posto, che lui prese.

"Pensavo di dovermi presentare, ma sembra che lei sappia già chi sono", disse il signor Brigham. "Può chiamarmi John".

"Beh, John, mio marito l'ha vista entrare nel suo appartamento", spiegò, "quindi è stato facile capire che lei fosse il nuovo proprietario".

"Grazie al cielo Josh era a casa per farmi entrare", disse. "Non ho ancora la chiave".

"Va tutto bene con l'unità?" Chiese Rachel.

"Perfettamente. Josh starà lì di tanto in tanto quando viaggerò", disse John. "Forse tra un viaggio e l'altro. Charles, il vostro presidente di condominio, mi ha assicurato che non sarà un problema".

"Finché questa non è la sua residenza permanente, dovrebbe essere tutto a posto", disse.

"Bene", disse John, alzandosi in piedi. "Piacere di avervi conosciuto, Rachel – e Joe".

John si voltò per andarsene, passando davanti a LuAnn mentre usciva dalla porta.

"Ciao a tutti!" LuAnn si precipitò nell'ufficio, indossando un lungo vestito arancione fuoco.

"Beh, stai benissimo!" Disse Rachel. Indossava qualcosa di simile, ma in una tonalità scura di blu.

"Anche tu! Dovremmo andare a fare shopping insieme più spesso", disse LuAnn, e si sedette sulla sedia.

"Questo è il mio segnale per andarmene", disse Joe, muovendosi verso la porta. "Sono rimasto solo perché il signor Brigham era qui".

"Sono felice che tu l'abbia fatto, Joe", disse Rachel, sorridendogli. "Ci vediamo a casa".

Quando Joe lasciò l'ufficio, LuAnn chiese: "Cosa ne pensi di Derks?"

"Oh, LuAnn, è meraviglioso", disse Rachel.

"Non è vero?"

"Sono rimasta molto colpita da lui. È così gentile, premuroso, talentuoso – ed è bello", disse Rachel. "Voi due sembrate fatti l'uno per l'altra. Due biondi. Siete una bella coppia".

"Oh, sono così contenta che ti piaccia. Mi piace davvero, davvero tanto", disse LuAnn. "Spero che funzioni".

"Anch'io".

"Piacciamo anche al Brass Rail. Sono così colpiti dalle folle che stiamo attirando che hanno prolungato il nostro ingaggio", disse LuAnn, alzando la mano per enfatizzare.

Rachel non poté fare a meno di notare lo smalto arancione che Lu Anne portava sulle unghie. Rachel considerava la lunghezza delle unghie di LuAnn come artigli. Non riusciva a immaginare come quella donna riuscisse a fare qualcosa con le mani. Semplicemente allacciare le scarpe doveva essere impossibile per lei.

"Questa è davvero una buona notizia, LuAnn", disse Rachel. "Questo significa che continuerete ad esibirvi insieme".

"Sì, è vero, ma penso che sarebbe successo comunque", disse LuAnn. "La band vuole tenermi come vocalist principale. Quindi, ovunque andranno, ci sarò anch'io".

"LuAnn, la vita continua a migliorare per te".

Le lacrime spuntarono negli occhi di LuAnn. "Oh, le mie

ciglia finte stanno per staccarsi", disse, agitando entrambe le mani davanti agli occhi. "Ma non posso fare a meno di piangere. È passato così tanto tempo da quando è successo qualcosa di buono. Dio è così buono con me".

"Direi. Sei sicuramente su una scia positiva", disse Rachel. "Sono così felice per te, amica mia".

"Grazie".

Rachel si stava rilassando sul balcone dopo aver partecipato a una lezione di studio della Bibbia. Le era piaciuto molto l'oratore e si sentiva rinnovata. Mentre era seduta sulla sua comoda poltrona, permise ai suoi occhi di vagare. Così facendo, vide una strana scena vicino alla piscina. Una coppia stava camminando, mano nella mano, nell'area del giardino vicino alla piscina. Ma non era una coppia qualsiasi.

Rachel si alzò, mettendo le mani sulla ringhiera mentre guardava la coppia.

"Non può essere!" disse ad alta voce.

Quattro piani sotto di lei, Rachel vide Penelope e Alfred che si tenevano per mano mentre camminavano in giardino. Penelope e Alfred! Di tanto in tanto, l'uno o l'altro guardava adorante l'altro. Rachel era sbalordita. I due anziani avevano un carattere del tutto opposto. Alfred era stato sposato e divorziato quattro volte e, a quanto si diceva, aveva dei figli, anche se Rachel non ne aveva mai visti venire a trovare il vecchio. D'altra parte, Penelope era una zitella molto corretta. Per quanto ne sapeva Rachel, Penelope non si era mai innamorata. Che strana accoppiata.

Joe entrò nell'appartamento e Rufus si mise a correre per salutarlo.

"Bene, Rufus! Non hai saltato". Joe gli diede una pacca sulla testa in segno di lode.

"Joe, vieni qui e guarda", chiamò Rachel.

"Cosa sta succedendo? Qualcuno si tuffa a cannone dal trampolino?", chiese.

"No. Guarda", disse Rachel, indicando verso il basso Penelope e Alfred.

"Che mi venga un colpo", disse Joe, in piedi accanto a Rachel. "La strana coppia".

"Hai capito bene".

Guardarono come Penelope stringeva il suo maglione più vicino al suo corpo con una mano, l'altra ancora stretta nella mano di Alfred.

"Come è successo?" Chiese Joe.

"Non saprei proprio. Li ho visti insieme, ma mai mano nella mano. Pensavo fossero solo amici".

"Una storia d'amore sul viale del tramonto", disse Joe. "Dolce".

Rachel guardò suo marito mentre considerava la sua dichiarazione. "Credo di sì".

"Non c'è certamente nulla di male".

"Credo di no. Solo particolare, loro due in particolare".

Sentirono la porta d'ingresso chiudersi dietro di loro mentre Angie entrava. Rufus la salutò prontamente con una coda scodinzolante e la lingua cadente.

"Ehi, siamo qui", chiamò Rachel.

Angie si avvicinò al balcone, cercando di non inciampare nella foga di Rufus.

"Com'è andato il lavoro?" Chiese Joe, sedendosi su una delle sedie.

"Giornata breve, solo affiancamento", disse Angie, sedendosi su un'altra sedia.

"Ma ti è piaciuto?" Chiese Rachel, già di nuovo comoda sulla sua sedia.

"Troppo presto per dirlo. Ma ho già capito che sarà dura per i miei piedi", disse. "Tutti i pavimenti sono piastrellati. E fa caldo in cucina. Accidenti, fa sempre *caldo*".

"È una cucina, Angie", le ricordò Joe. "Farà caldo".

"Beh, lo è. E sporco. Non sporco nel senso di sporco, ma l'unto e i residui di cibo sono ovunque", disse Angie, liberando la coda di cavallo in cima alla testa e poi portandone una striscia sotto il naso. "Ho bisogno di un'altra doccia. I miei capelli puzzano di grasso".

Rachel guardò suo marito, chiedendosi per quanto tempo Angie avrebbe tenuto il suo nuovo lavoro. Lui ricambiò il suo sguardo, ovviamente con lo stesso pensiero.

"Vai a fare la doccia, io inizio a preparare la cena". Rachel si alzò dalla sedia, lanciando un'occhiata alla figlia. "Sono fiera di te per aver trovato un lavoro".

Angie guardò sua madre e sorrise dolcemente. "È bello sapere che sei orgogliosa di me".

Rachel le accarezzò affettuosamente la sommità della testa e si spostò all'interno.

Angie la seguì, camminando nel corridoio verso il bagno, chiudendosi la porta alle spalle. Solo che il chiavistello non si agganciò bene. Mentre Angie era sotto la doccia, Precious iniziò a giocare con la zampa sulla porta socchiusa. Essendo un gatto intelligente, aprì la porta e uscì in libertà. Guardandosi intorno, Precious vide Bennie in cucina con Rachel. Bennie incrociò lo sguardo con Precious e cominciò a ringhiare. Precious emise un sibilo.

"Cosa c'è, Benny?" Disse Rachel, allungando la mano per accarezzare il gatto. "Non è ancora ora di cena".

Benny continuò a ringhiare mentre Precious si dirigeva verso il soggiorno per indagare. Saltò sopra il divano dopo aver preso un momento per affilare i suoi artigli sulla sua superficie. Sentendosi soddisfatta, guardò il balcone. Bennie lasciò la cucina all'inseguimento di Precious. Quando Bennie si sedette davanti al divano, ringhiando, Precious gli soffiò due volte. Il soffiare e ringhiare richiamarono l'attenzione di Joe e portarono anche Rachel fuori dalla cucina. Vedendo la situazione, entrò rapidamente in azione, così come Rufus. Cominciò ad abbaiare ai due gatti nelle loro posizioni di stallo.

Joe entrò rapidamente nel soggiorno dal balcone. "Ehi, gatti. No!" Afferrò il collare di Rufus per contenerlo.

Rachel chiamò Angie urlando, poi si rese conto che era nella doccia e non poteva sentire.

"Ok, piccola svergognata", disse, agitando le mani per spaventare il gatto. "Torna nella tua stanza!"

Precious fece una corsa, progettando di saltare dal bordo più lontano del divano dove stava Rufus. Ma Rufus le abbaiò in faccia, così lei diede un colpo arrabbiato al cane. Dopo che gli artigli appena affilati toccarono la faccia di Rufus, lui mugolò e Joe lo tirò via. Precious corse indietro nel corridoio, dietro l'angolo, e dritto sotto il letto. Benny la inseguì fino a raggiungere il corridoio e poi decise che ne aveva avuto abbastanza. Agitando la coda, Benny si girò e tornò in cucina, suggerendo, nella sua mente, di aver sconfitto il nemico.

Rachel chiuse la porta dietro Precious e rimproverò Benny, come se lui potesse capirla. Gettò le mani in segno di disperazione e riprese a tagliare il sedano. Joe sbirciò la testa dietro l'angolo della cucina.

"Solo un po' di movimento".

"Beh, ne farei volentieri a meno", disse.

"Io e Rufus andiamo a fare una passeggiata prima di cena", disse, attaccando un guinzaglio al collare del cane.

"Avete un sacco di tempo, fate con calma. Oh, e a proposito, Rufus ha bisogno di un bagno. Sta appestando l'appartamento".

"Ok, ho capito. Forse domani".

OTTO

ANGIE TOLSE I PIATTI, le posate e le tazze dal tavolo, li mise nel cestino di plastica e li portò in cucina. Era un carico pesante, quindi fece attenzione a non calpestare il grasso o una buccia di cipolla sul pavimento. Aveva già fatto un capitombolo scivolando sul grasso. Da allora, indossava sempre scarpe con la suola di gomma.

"Vuoi che li metta nella lavastoviglie?" chiese all'uomo alto accanto a lei.

Brian era un tipo grosso, sia in altezza che in circonferenza. Dato che al momento non stava cucinando, non aveva un cappello o una retina per coprire i suoi corti capelli castani. Angie pensava che il suo capo mangiasse troppi hamburger. E patatine fritte. Ma era un uomo decente per cui lavorare, e non era male. Ben rasato, con lineamenti uniformi, poteva avere, secondo lei, sui trent'anni. Il suo nome completo, stampato sulla licenza professionale appesa al muro, era Brian Forbes.

"No, possono aspettare", disse Brian. "Il tuo cliente preferito è là fuori".

"Oh?"

Angie si pulì le mani sul grembiule bianco che copriva

l'uniforme rosa da cameriera mentre attraversava le porte girevoli della sala da pranzo. Il signor "Grosse Mance" era seduto nella sua postazione, guardando il menu.

"Salve, cosa posso portarle oggi?" Chiese, sorridendo all'uomo seduto nella cabina.

"Angie, sei bellissima oggi", disse lui, con uno sguardo di approvazione. "Che ne dici se ti porto io qualcosa?"

Angie si mise a ridere e respinse l'osservazione inappropriata. "Il Burger Bonanza è la specialità. Vuole provarlo?"

"Penso che preferirei provarci con te", disse con un sorriso a trentadue denti.

Di nuovo, Angie rise nervosamente e cercò di convincerlo a fare un ordine. Lo faceva ogni giorno. Da molti giorni. Questa situazione era andata oltre il flirtare ed era diventata decisamente fastidiosa.

"Seriamente, cosa vorrebbe ordinare?" disse, stando in piedi con la penna in bilico per scrivere sulla tavoletta che aveva in mano.

"Beh, se insisti", disse. "Solo un normale hamburger e patatine".

"Insalata?"

"Sì, sai che è il mio contorno preferito. E una soda dietetica".

"Capito", disse lei, e si voltò rapidamente per andarsene prima che lui potesse dire qualcos'altro.

Angie agganciò il foglio a un apparecchio metallico rotondo che teneva le ordinazioni e lo fece girare in modo che la cuoca potesse leggerlo dall'altro lato. Visto che c'era poca gente, entrò in cucina e iniziò a caricare i piatti nella lavatrice.

"Ancora a flirtare?" Chiese Brian.

"Sì, è un viscido. Come se fossi interessata a lui".

Era un uomo di mezza età, aveva i capelli prematuramente bianchi ed era di bell'aspetto, ma decisamente fastidioso. Da quando lei aveva iniziato a lavorare lì, lui si era interessato, sedendosi sempre nella sua sezione. La disposizione della tavola calda era costituita da tre doppie file di cabine rosse sul lato destro della porta, cabine singole che fiancheggiavano la parte anteriore, laterale e posteriore, con tavoli con ripiani rossi in mezzo a quella sezione di cabine. Le doppie porte della cucina erano allineate con la porta d'ingresso, con il passaggio a destra e l'area per il personale che conteneva piatti e utensili. Le due cabine contro il muro sulla destra erano più appartate rispetto al resto del locale, quindi era lì che si sedeva sempre.

Angie si sentiva molto a disagio con lui. I suoi complimenti erano infiniti e le sue intenzioni ovvie. Ma lei stava gestendo bene l'attenzione indesiderata, pensava. E Brian ne era consapevole.

Quando la cuoca in formazione schiaffeggiò il campanello per segnalare che l'ordine era pronto, Angie prese rapidamente il piatto e una lattina di soda. Mentre portava il cibo al tavolo, fece un bel sorriso. Dato che lui era seduto con le spalle al muro, poteva osservare ogni suo passo mentre lei veniva verso di lui. Lui sorrise mentre lei si avvicinava, scrutando il suo corpo con gli occhi.

"Tesoro, lavori troppo", disse lui, prendendole la lattina dalle mani. "Potrei renderti la vita più facile. Perché non me lo permetti?"

Aveva raggiunto un nuovo livello. Non era mai stato così audace, e Angie non era preparata con una risposta rapida. Vivere negli ashram non l'aveva preparata a uomini lascivi. Tutti gli uomini che incontrava erano per la pace e l'amore. Il suo viso assunse un'espressione di sorpresa. Era senza parole.

"Ecco, lasciami prendere il piatto", disse, prendendo il piatto dalla mano di Angie, poi stringendo quella mano nella sua. Portò la mano di lei al viso e la baciò. Angie la ritirò rapidamente.

"Angie, cara, non aver paura", disse lui, i suoi occhi blu la guardavano con calore. "Non mordo. Ma porto doni".

L'uomo raggiunse il braccio di Angie e la attirò più vicino in modo da poterla tirare a sedersi accanto a lui. "Ho qualcosa per te", disse, raggiungendo con l'altra mano una piccola scatola sul sedile accanto a lui. "Questo è per te, Angie".

Le mise la scatola in mano. "Aprila".

Angie guardò il volto dell'uomo, senza sapere come rispondere.

"Dai. Va tutto bene, davvero".

Angie aprì la scatola bianca non incartata. Piazzato al centro di uno sbuffo di cotone c'era un braccialetto d'argento. Era largo e finemente inciso con foglie e viti attaccate. Guardò l'uomo, con stupore.

"Mettitelo. Vai, Angie".

Angie fece scivolare il braccialetto sulla sua mano e guardò la sua bellezza adagiato sul suo polso. Era davvero bello, e si adattava perfettamente.

"Io, io non posso, questo è troppo costoso e..."

"Questo non è niente in confronto a quello che posso darti, Angie cara. È solo un gingillo. Un piccolo segno del mio apprezzamento per i tuoi servizi".

"No, vedi, non sarebbe giusto". Era alla ricerca di parole. "Ti conosco appena. Non so nemmeno il tuo nome".

"James. Mi chiamo James Marshall", disse. "Ora, ci siamo presentati per bene".

Angie fece un respiro profondo e lo rilasciò. "Ok, James. Ecco come stanno le cose: io non ti conosco. Non so se voglio conoscerti, capito? Questo, questo braccialetto, è bellissimo. Grazie, ma non posso accettarlo. Non posso e basta".

Lei si alzò prima che lui potesse parlare. James allungò la mano, afferrandole il polso. "Non lo accetterò indietro, *hai* capito? Posso permettermi di darti quel piccolo braccialetto, e molto di più se è per questo. Sono contento che tu lo trovi carino. È solo l'inizio di quello che ho intenzione di darti. Solo l'inizio". Lui le liberò il polso. "Ora, torna al tuo insulso lavoro. Vorrei mangiare prima che si raffreddi".

Angie rimase in silenzio per due battiti del cuore, fissando James mentre apriva il tovagliolo, poi si allontanò. Una volta entrata in cucina, decise di nascondersi lì fino a quando lui se ne fosse andato. Dopo un po', Brian si avvicinò a dove lei era rimasta a sbirciare dalla finestra del passaggio, guardando James.

"Cosa sta succedendo?"

"Non lo so. Non capisco". Si voltò verso Brian, allungando il braccio. "Guarda. James mi ha dato questo".

"James?"

"Ha detto che si chiama James. E mi ha dato questo braccialetto".

Brian esaminò il braccialetto con le dita. "Sembra di alta qualità. È costoso".

"Lo so. Ha detto che era un regalo", disse lei. "Un regalo?"

Una delle altre cameriere si avvicinò per ispezionare il braccialetto. Sara Anderson lo fece girare intorno al polso di Angie mentre lo guardava. "L'uomo ha buon gusto", disse Sara. "Tienilo".

"Ho fatto qualcosa per fargli credere di potermi dare questo?" chiese a Brian.

"Probabilmente no. Forse è solo molto generoso", disse. "O ha una cotta per te".

"Non voglio che abbia una cotta per me", disse Angie. "È abbastanza vecchio per essere mio padre".

"Uno *sugar daddy* è così che si chiama", disse Sara, ammiccando. "Sei stata benedetta".

Angie diede a Sara uno sguardo inorridito.

"Beh, 'James' se n'è appena andato", disse Brian. "L'ho visto uscire. Vai a vedere se ha pagato".

Angie uscì dalla cucina e andò verso il tavolo dove era stato

James. Tra i piatti sporchi c'era una banconota da cento dollari. Aveva più che pagato il suo pasto.

Ruby entrò nell'ufficio di Rachel mentre lei stava guardando il nastro di sicurezza.

"Cosa stai facendo?" Chiese Ruby, sedendosi sulla sedia di fronte alla scrivania.

"Guardo il nastro di sicurezza", disse, rivolgendosi a Ruby. "Ho un nuovo compito: osservare le attività durante la notte. Chiunque cerchi di entrare o faccia qualcosa di stupido, posso vederlo registrato sul nastro".

"Vedi qualcosa di interessante?"

"Sì, guarda", Rachel girò lo schermo verso Ruby. "Quello è l'uomo misterioso che continua a venire qui per chissà quale motivo".

Ruby vide un uomo, vestito con un cappotto lungo e un cappello. "Non è il tizio dell'anno scorso? Vuoi dire che è tornato?"

"Temo di sì. Non so perché, ma è venuto a trovarci due volte prima di questa".

"Puoi ingrandirlo di più?" Chiese Ruby.

"Certo", disse Rachel, pensando che la vista di Ruby doveva essere in calo. "Puoi vederlo meglio?"

"Certo che sì. Ha un aspetto familiare".

"Cosa?" Rachel non si aspettava di sentirlo.

"Sì, il modo in cui sta in piedi è strano e familiare, come qualcuno che conoscevo una volta".

"Davvero? Per tutto questo tempo ho pensato che forse fosse qualcuno che cercava Loretta", disse. "Visto che una volta era una detective di alto profilo, chissà chi potrebbe voler cercare vendetta?"

"È vero, ma mi sembra familiare", disse Ruby, guardando intensamente lo schermo mentre si sfregava il mento. "Sarebbe bello vedere chiaramente la sua faccia, ma quello stupido cappello che indossa gli fa ombra".

"Beh, pensaci, Ruby. Forse ti verrà in mente", disse. "Allora, cosa ti porta qui oggi?"

"Loretta", disse con un sospiro. "L'hanno messa sotto ossigeno. Non ha un bell'aspetto. È così debole e non vuole mangiare. L'hanno sedata, ma non migliora. Sono così preoccupata per lei".

"Mi dispiace molto", disse lei. "Cosa posso fare?"

"Prega. Non sei religiosa o qualcosa del genere? Non vai in chiesa?"

"Sì, vado nella stessa chiesa di Loretta".

"Bene, allora, prega per lei".

"Lo farò, Ruby. Posso pregare anche per te?"

"Certo, perché no? Mi farebbe comodo una piccola spinta in quel settore". La vecchia signora sorrise, accentuando le rughe intorno agli occhi.

Anche Rachel sorrise alle parole pronunciate. Non molto tempo fa questa conversazione non avrebbe avuto luogo. Non frequentava la chiesa dall'infanzia e stava perseguendo un percorso personale verso la distruzione. Il suo matrimonio era in pericolo perché suo marito aveva una concezione sbagliata del suo strano comportamento, facendola diventare provocatoria e ribelle. Era stato il periodo peggiore della sua vita. Ma lo aveva superato, con l'aiuto di Dio.

"Può ricevere visite?" Rachel era ansiosa di visitare la donna.

"Sì, ma non aspettarti molto da lei. Dovrai fare tu la maggior parte del discorso".

"Posso farlo. Grazie per avermi parlato di lei".

"Ti terrò informata", disse lei, alzandosi dalla sedia. "Prega solo per lei".

"Consideralo fatto".

NOVE

LUANN FU la prima ad arrivare alla clubhouse, quindi scelse il tavolo. Olivia Washington la seguì poco dopo, e poi arrivò Rachel. Era un posto conveniente per loro per fare le loro chiacchierate e aggiornarsi sulla vita delle altre. Un bar circolare era al centro della stanza con i tavoli sparsi intorno. Situato sullo stesso livello dell'ufficio di Rachel, forniva anche un luogo di ritrovo per eventi speciali che i residenti avrebbero voluto ospitare.

"Non vedo l'ora che arrivino le vacanze estive", disse Olivia sedendosi su una sedia. "Questi ragazzi mi stanno uccidendo questo semestre".

"Pensavo che i ragazzi del college dovessero essere più facili di quelli del liceo", disse LuAnn. "Certo, ci sono le feste e tutta quella follia, ma si suppone che studino per le loro carriere".

"Si potrebbe pensare così, vero? Ma questo gruppo sembra avere in programma la tortura. La mia tortura". Olivia scosse la testa in segno di disgusto mentre si aggiustava sulla sedia.

"In che senso?" Chiese Rachel.

"Mettono alla prova la mia pazienza facendo tardi", disse Olivia, controllando con le dita la sua parrucca riccia per vedere se era ancora al suo posto. "E poi ci mettono una vita a sistemarsi. Una volta sistemati, parlano tra di loro come se fossi invisibile. Si comportano come se fossero nei loro dormitori. Non c'è rispetto".

"Maleducati", disse Rachel.

"Signore?" Il cameriere arrivò al loro tavolo.

"Tè freddo per me", disse Rachel.

"Una birra", disse LuAnn.

"Soda dietetica", disse Olivia e continuò. "Questo è il gruppo di studenti più maleducato a cui abbia mai insegnato da quando sono alla Bethune Cookman".

Olivia Washington era una professoressa di professione e un cuore gentile per natura. Mentre cresceva quattro figli come madre single, si era messa a studiare per poter offrire una vita migliore ai suoi figli. Una volta che furono da soli, Olivia vendette la casa che lei e suo marito avevano posseduto prima che lui morisse e si trasferì nel condominio.

"Non per ignorare il tuo dramma, ma ho sentito Tia oggi", disse Rachel.

"Oh, l'ho pensata di recente. Come sta?" chiese Olivia.

"Finora le piace essere tornata in India", disse Rachel. "Non pensava che l'avrebbe fatto, ma i suoi genitori hanno bisogno di lei ora, quindi non ha scelta".

"Sta con loro?" Chiese LuAnn.

"Per ora. Sta cercando di capire se hanno bisogno di cure 24 ore su 24 o solo mentre lei lavora".

"Spero che non si penta di essere tornata a casa", disse Olivia, tastando il colletto bianco vicino alla sua pelle color cacao. "È così americanizzata; potrebbe essere difficile".

"Non ha nessuna scelta. Suo padre è su una sedia a rotelle e sua madre ha diverse malattie", disse Rachel. "La famiglia prima di tutto. È anche utile che lei sia un medico".

"Non sembra che si trasferirà a casa sua", disse LuAnn, tamburellando le unghie rosa sul tavolo.

"Ne dubito anch'io", disse Rachel.

Il cameriere tornò con le loro bevande. Quando se ne andò, ripresero la loro conversazione.

"Come se la cava Angie con il lavoro?" Chiese Olivia.

"Davvero bene. Sono sorpresa", disse Rachel. "Le piace il suo capo, e a quanto pare se la cava bene come cameriera, considerando che non ha mai fatto niente del genere prima. Non ha mai avuto un lavoro".

"Buon per lei", disse LuAnn. "Dille che sono orgogliosa di lei".

"Lo farò. Ha un appuntamento con il figlio del nostro nuovo inquilino", disse Rachel, mescolando il suo tè con la cannuccia. "Così, forse avrà una storia d'amore oltre a lavoro".

"Non l'ho incontrato, ma l'ho visto da lontano", disse Olivia. "È davvero bello".

"Lo so. Lei lo chiama il fusto".

"È piuttosto attraente", concordò LuAnn, aggiustando le spalline del suo top blu. "Se avessi la sua età, lo affronterei di sicuro. Mi saluta ogni volta che ci incontriamo sul viale".

"Sei fortunata, è il tuo vicino di casa", disse Olivia.

Alfred e Penelope entrarono nella clubhouse, mano nella mano. Si guardarono intorno alla ricerca di un tavolo vuoto. Trovandone uno vicino alle ragazze, Penelope tirò Alfred dietro di lei fino al tavolo. Lui tirò fuori la sedia pesante per lei e poi si sedette accanto a Penelope.

"Mi chiedo cosa bevono?" Disse LuAnn.

"Uno Shirley Temple per Penelope", disse Rachel, e tutti ridacchiarono.

La cameriera si si avvicinò e origliarono per sentire l'ordine.

"Una birra per me", disse Alfred, "e uno Shirley Temple per la signora".

Rachel si si mise una mano sulla bocca per sopprimere la sua risata. Olivia girò la faccia sorridente da un'altra parte, mentre

LuAnn si lasciò andare. La sua risata risuonò, facendo sì che numerose persone la fissassero.

"Scusate", disse a tutti. "Una battuta divertente".

"A proposito, devo occuparmi di alcune scartoffie", disse Olivia, sorridendo mentre si alzava. "Ci vediamo più tardi, in settimana".

"Dovrei andare anch'io", disse Rachel, alzandosi in piedi. "Joe potrebbe essere ancora sveglio".

"Oh, la mia serata libera e tu te ne vai", disse LuAnn, mostrando le sue labbra rosa in un broncio.

"Mi sto ancora facendo perdonare da Joe dopo tutte quelle notti in cui sono rimasta fuori fino a tardi con voi ragazze", disse Rachel, mettendosi la borsa in spalla. "Ora, quando torno a casa, è ansioso di vedermi. E quel cane pazzo ha smesso di attaccarmi da quando è arrivata Angie".

"È fantastico, tesoro. Salutami Joe", disse LuAnn.

"Ci vediamo dopo".

"Ciao".

La sabbia si sentiva bene tra le dita dei piedi. Era fredda e bagnata mentre Angie camminava sulle conchiglie vicino alla riva dell'oceano. Aveva i suoi sandali in mano e si godeva la fresca brezza che le passava sulle cosce. Aveva riflettuto su quali pantaloncini indossare per il loro appuntamento, e alla fine aveva scelto quelli bianchi. Mostravano quel poco di abbronzatura che aveva. Il top rosso mostrava abbastanza pelle senza essere troppo rivelatore. Inoltre, lui l'aveva già vista in bikini.

"Amo la spiaggia di notte", disse Angie, dando un calcio a una conchiglia.

"Sì, è tranquillo".

La luna sparava fasci per illuminare il loro cammino, mentre le onde arrivavano a lavare i loro piedi. Il rumore dell'acqua aveva tolto ad Angie tutta la tensione della giornata. James era passato di nuovo alla tavola calda. Non era cambiato nulla. Ben vestito con una camicia blu a maniche corte e pantaloni cachi, era un uomo determinato. Determinato a far uscire Angie con lui. Voleva prendersi cura di lei. Voleva comprarle delle cose. Voleva...

"Lascio la città tra un paio di giorni", disse Josh, interrompendo i suoi pensieri.

"Oh? Dove stai andando?"

"Chicago, poi Las Vegas".

"Per affari?"

"Sì".

Angie non aveva intenzione di chiedergli cosa avrebbe fatto lì. Avrebbe dovuto dirglielo lui stesso. Se avesse voluto.

"Starò via una decina di giorni".

"Beh, sai dove trovarmi".

"Alla tavola calda, ad affrontare vecchi libidinosi".

"Sembra divertente se la metti in questo modo".

"Ehi, se vuole darti dei gioielli, lascialo fare. Se ti dà grosse mance, prendile. Prendi tutto quello che ti dà. Basta che tu non debba dare niente in cambio". Josh aggiunse un cenno per enfatizzare.

"Non ho intenzione di dargli quello che vuole".

Josh smise di camminare e allungò il braccio, girandola verso di lui. "Forse dovrei fargli visita? Fare una chiacchierata con lui".

Angie scosse la testa e abbassò lo sguardo. "Non è necessario. Posso occuparmene io".

"Sei sicura? Perché posso farlo".

"No. Si stancherà", disse lei, guardandolo in faccia. "Sarà una vecchia storia, quando tornerai".

"Ok", disse, ricominciando a camminare. "Stai bene? Inizia a far freddo".

Josh era vestito con il suo caratteristico completo nero.

Maglietta e jeans neri, sempre neri. Si infilò la mano in una tasca e tirò fuori una sigaretta e un accendino, facendoli avanzare verso di lei. Con uno sguardo più attento, Angie vide l'estremità attorcigliata e capì cosa fosse. "Hum?"

"Ah, no, non lo faccio".

"No? Mai?"

"Beh, non mai. Ho provato una volta, ma ho deciso che non faceva per me".

"È roba buona", disse Josh, accendendo la fine. "Provala". Avvicinò la mano al suo viso. "Fai un tiro".

"Non è una buona idea, mi dispiace".

Camminarono in silenzio mentre Josh finiva di fumare.

"Le stelle sembrano più luminose e più grandi", disse. "E l'oceano brilla più intensamente".

"Penso che le stelle e l'oceano siano belli così come sono dalla mia prospettiva", disse.

"Non fa male", disse, giustificando la sua azione.

Angie non rispose. Non aveva senso discutere con lui.

Tornarono al condominio e presero l'ascensore fino al quarto piano.

"È stato bello conoscerti", disse lei, girandosi verso di lui.

"Lo stesso per me. Quando torno, lo faremo di nuovo".

"Ok".

Josh si chinò lentamente, prendendole la parte superiore delle braccia tra le mani, e le diede un bacio sulla guancia. Si tirò un po' indietro, mantenendo il suo sguardo, e poi le baciò le labbra delicatamente. Solo una volta. Poi le lasciò le braccia. "Buonanotte".

"Buonanotte". Angie si voltò e lasciò l'ascensore.

Quando entrò nell'appartamento dei suoi genitori, stava sorridendo. "Ciao", disse passando davanti a sua madre.

"Ciao". Rachel le lanciò uno sguardo particolare. "Com'è andato l'appuntamento?"

"Adorabile".

"Adorabile?"

"Um hm, adorabile. Anche lui è adorabile".

"Ok..."

"Buonanotte, mamma".

Madre? Da quando Angie la chiamava mamma? *Una data da ricordare.*

DIECI

JOSH AVEVA PREPARATO la sua valigia. Non sarebbe stato un viaggio lungo. Almeno non voleva che lo fosse. Voleva tornare per continuare la sua conoscenza con Angie. Lei era sexy e un po' ingenua, nonostante tutti i suoi viaggi. Questo non gli dispiaceva. Rendeva più facile la conquista. Lui adorava conquistare. Aveva aspetto, fascino e denaro. Sapeva come manovrare le donne. E aveva messo gli occhi su Angie.

Suo padre gli aveva già dato indicazioni su come chiudere tre affari che aveva in ballo. Ogni volta che veniva mandato a trattare affari, di solito era per raccogliere ciò che gli era dovuto. A John non piaceva che gli si dovesse qualcosa. Si aspettava un pagamento puntuale, e se non lo facevano, beh, Josh si occupava dei dettagli. Non chiedeva mai come, ma solo di anticipare che il lavoro sarebbe stato fatto. E lo faceva sempre. Josh era bravo nel suo lavoro.

"Vuoi che ti accompagni all'aeroporto?" John entrò nella camera da letto che Josh avrebbe occupato una volta lì. "È solo a circa quattro miglia da qui, il che è bello. Soprattutto rispetto ad altre città".

"Stavo per prendere un taxi, ma se vuoi accompagnarmi, va bene".

"Certo. Sei pronto?"

"Sì, lo sono".

"Andiamo". John uscì dalla camera da letto, agitando le chiavi della macchina in tasca.

Mentre si dirigevano verso l'ascensore, Josh guardò suo padre. Lo rispettava molto. Dopo la morte di sua madre, erano rimasti loro due. Anche se suo padre non era un uomo amorevole, Josh sapeva sempre che sarebbe stato accudito e al sicuro. Quando viaggiava, c'erano uomini intorno per la protezione e donne che venivano a cucinare e pulire nei condomini. Non aveva mai dovuto badare a sé; suo padre si occupava di ogni suo bisogno. Nonostante la mancanza di calore dell'anziano, Josh sapeva di poter parlare con suo padre di qualsiasi cosa. Tutto quello che doveva fare era chiedere. Spesso riceveva consigli mondani su come sopravvivere in un mondo in cui cane mangia cane. Suo padre era più di un padre, era un mentore.

Dopo che salirono in macchina, John diede a suo figlio alcune istruzioni dell'ultimo minuto.

"Frank è un tipo a posto, ma devi stare attento ad Al. È tranquillo. Troppo tranquillo. Non mi fido di lui". John teneva gli occhi sulla strada mentre guidava.

"Ok".

"Quando ti dà i soldi, non indugiare. Vattene immediatamente", disse, girando a sinistra al semaforo. "È meglio che vi incontriate in un luogo pubblico. Evita un incontro privato. Non è sicuro".

"Ok. L'ho già incontrato, vero?" Chiese, tenendo anche lui gli occhi dritti verso la strada.

"Solo una volta, ma non lì. Nel Jersey".

"Giusto".

"Hai i numeri di cellulare?"

Josh guardò suo padre. "Certo. Non è la mia prima volta".

"Già. Scusa", disse. "Sono solo ansioso di chiarire la situazione. Questo è un debito in sospeso da troppo tempo".

"Non preoccuparti. Ho tutto sotto controllo".

Si fermarono sul marciapiede di fronte all'entrata della Delta Airlines. Anche se non era offerta un'ampia selezione di compagnie aeree, la comodità di andare e venire dall'aeroporto di Daytona Beach compensava questo. Non c'era mai una seccatura durante il check-in o lunghe file per passare attraverso la sicurezza come negli aeroporti più grandi. Josh saltò fuori, aprì la porta posteriore e prese la sua valigia. Prima di chiudere la porta, disse: "Ti chiamo quando l'affare è concluso. Più tardi".

John si allontanò dal marciapiede senza dire una parola.

Il Brian's Burgers era pieno di gente. Una gran parte della folla di motociclisti che visita Daytona Beach riempiva regolarmente gli stand. Medici, avvocati, meccanici e stranieri provenienti da qualunque parte dell'America erano riuniti per la Bike Week. Bastava amare le moto e desiderare una vacanza con persone che la pensavano come loro per venire a Daytona Beach. Ed erano i benvenuti. Quando i motociclisti arrivavano in città, significava che i commercianti prosperavano e i ristoranti raccoglievano molti dollari. I motociclisti davano anche buone mance.

Angie correva avanti e indietro dalla cucina alla sala più velocemente che poteva. Le sue mance erano state ottime, e lei lo apprezzava, anche se era molto stanca la sera quando arrivava a casa. Mentre passava davanti a un tavolo portando un carico di piatti sporchi nel suo cestino di plastica, una mano si allungò e le afferrò il braccio.

"Angie".

Guardò per vedere chi la chiamava per nome e vide che era

James. Era seduto da solo ad un piccolo tavolo, probabilmente perché tutti i tavoli erano occupati.

"Non sei nella mia sezione", disse. "Non posso servirti".

"Puoi fare un'eccezione?"

"No, non posso. Queste sono le regole".

"Che ne dici di incontrarci quando esci dal lavoro?"

Angie sentì tutto il suo corpo crollare. "James, non posso. Sarò troppo stanca".

"Ma..."

Angie strappò bruscamente il braccio dalla sua presa mentre si dirigeva verso la cucina. *Forse capirà l'antifona?* Quando tornò dopo aver scaricato i piatti, lo trovò che stava ordinando con Sara. Lei stava esagerando con ampi sorrisi e ondeggiava i fianchi da un lato all'altro mentre scriveva l'ordine sul suo tablet. *Bene!* Sara aveva più la sua età.

Un altro gruppo di motociclisti occupava un tavolo a sei posti nella sua sezione. "Ciao, ragazzi", disse sorridendo. "Cosa desiderate ordinare questa sera?"

"Beh, se non posso avere te, prenderò l'hamburger speciale", disse uno degli uomini, eguagliando il suo sorriso. "E una Coca Cola".

"Ti piacerà", disse lei, ancora sorridente. "Siamo famosi per i nostri hamburger".

Gli altri cinque fecero i loro ordini, poi lei si diresse verso il passaggio per agganciare l'ordine al supporto di metallo. Con la coda dell'occhio vide James che la fissava. Desiderava che lui la lasciasse perdere e non tornasse al ristorante. Perché non riusciva a capire che non era interessata?

Mentre la serata passava e i piedi le facevano più male, Angie notò che James se n'era finalmente andato. Aveva indugiato abbastanza a lungo da irritare Sara, lasciandole finalmente una mancia decente, ma non un biglietto da cento dollari. Sperava che Sara non la biasimasse.

Quando arrivarono le dieci, la tavola calda era vuota e il

personale si stava preparando a pulire e ad andarsene. Angie pensò che se i suoi piedi avessero potuto parlare, l'avrebbero fatta arrestare per abuso. Fece rapidamente le pulizie e uscì dalla porta sul retro. Era bello sentire la fresca brezza dell'oceano passarle sul viso dopo una lunga giornata. Oh, la gioia di camminare tranquillamente verso casa. Si tolse le scarpe in modo che la sabbia potesse confortarle i piedi. C'erano solo tre isolati lungo la spiaggia fino al condominio. Questa piccola passeggiata era sicuramente la parte migliore della sua giornata.

Angie vide molte persone camminare sulla spiaggia. Alcuni andavano nei club o nei ristoranti, altri, chissà dove? Ognuno era vestito in modo diverso. Alcuni erano in pantaloncini, altri in abiti da spiaggia e altri ancora in jeans. Un'esposizione eclettica di persone che si godevano una serata sulla spiaggia. Sentì una band suonare mentre passava davanti a un bar honky-tonky, la musica e le risate che uscivano dalla porta aperta. Una ruota panoramica era davanti a lei, brillantemente illuminata mentre trasportava i passeggeri urlanti. Mentre camminava, Angie si accorse di una macchina che guidava lentamente accanto a lei. Diede un'occhiata e riconobbe subito il guidatore. Era James. Si tirò su in piedi in modalità allerta. Cosa pensava di fare? Il finestrino si abbassò e lui le sorrise.

Angie si accigliò verso l'uomo in risposta. "Cosa stai facendo? Sono fuori servizio".

"Perché non sali in macchina?", chiese piacevolmente. "Ti porto a casa, a meno che tu non voglia andare da qualche altra parte prima?"

Il suo veicolo era un costoso SUV, di colore verde scuro metallizzato. Forse una Lincoln, non era sicura.

"Non voglio andare da nessuna parte con te. *Non salirò* sulla tua macchina, James".

"Non dovresti tornare a casa a piedi quando posso accompagnarti". James le fece un sorriso affascinante. "Andiamo, Angie".

"Non è un tuo problema, come torno a casa. Dovresti farti gli affari tuoi e non intrometterti nei miei. Tu *non* mi porti a casa. Capito?" La voce di Angie si era alzata di un paio di decibel nel tentativo di far valere il suo punto di vista. "Vattene da qui!"

"Capisco, ma tu non capisci le mie intenzioni". James non si arrendeva facilmente.

"Oh, capisco perfettamente le tue intenzioni, James. Lasciami in pace!" Gridò l'ultima frase all'uomo.

Più o meno in quel momento, due tipi di motociclisti stavano camminando nelle vicinanze, probabilmente dopo aver lasciato l'honkytonk. Gli uomini si fermarono per osservare lo scambio tra la giovane donna e l'uomo più anziano. La fortuna volle che Angie avesse servito questi due uomini dal tavolo da sei posti prima quella sera.

"Ehi, stai bene, Angie?" chiese uno di loro avvicinandosi da dietro.

"Sì, siamo qui se hai bisogno di aiuto", disse l'altro.

Entrambi gli uomini erano di taglia formidabile, avevano la barba e indossavano cappelli a forma di teschio. Inclinavano i loro corpi muscolosi da un lato all'altro mentre facevano notare la loro presenza, indicando che erano pronti a intervenire per difendere una damigella in difficoltà.

"Uh, beh..." Disse Angie, facendo diversi passi indietro verso gli uomini. "Dipende". Inclinò la testa di lato mentre rimaneva silenziosamente radicata nella sabbia di fronte ai due uomini corpulenti, mentre James decideva cosa fare. Sperava che il suo linguaggio del corpo e quello dei due motociclisti suggerissero a James che forse avrebbe dovuto spostarsi. James decise saggiamente. Si allontanò lungo la spiaggia.

Angie si girò per affrontare i due uomini che erano venuti in sua difesa. "Grazie, ragazzi. Non capisco questo tizio. Continua a venire alla tavola calda e ad infastidirmi. Non accetta un no come risposta. E stasera stava cercando di portarmi a casa. Ma grazie mille".

"Va tutto bene. Se hai bisogno di noi, siamo qui per te", disse uno degli uomini.

"Lo apprezzo molto".

"Camminata lunga?" chiese l'altro uomo.

"No, solo un altro isolato o giù di lì".

"Perché non camminiamo con te? Ci assicuriamo che tu sia al sicuro".

"Sarebbe fantastico".

I due uomini accompagnarono Angie, camminando ai suoi lati, mentre la scortavano in sicurezza fino al condominio e la guardavano entrare nell'edificio. Lei li salutò una volta dentro. Angie premette il pulsante del quarto piano e salì con l'ascensore, sentendosi come se qualcuno o qualcosa la stesse sorvegliando. Quei ragazzi erano stati mandati in suo aiuto.

Quando entrò nell'unità dei suoi genitori, li trovò nel soggiorno a leggere.

"Ciao, tesoro", disse Rachel.

"Ehi", disse suo padre.

"Com'è andato il lavoro?" chiese sua madre.

"Estremamente frenetico", disse Angie. "I motociclisti sono in città, quindi eravamo sommersi di lavoro".

"Sempre buoni affari dai motociclisti", disse Joe.

"E le mance. Sono noti per dare buone mance", disse Rachel.

"Sì, beh, c'è anche un uomo più anziano che lascia delle belle mance", disse lei, gettando la borsa sul tavolo. "Viene regolarmente e ha una cotta per me. Era lì stasera. Di nuovo".

"Era inappropriato?" Chiese Joe.

"Sì, ma c'era molta gente intorno. Ma stasera mi è passato accanto sulla spiaggia mentre tornavo a casa. Voleva che salissi sulla sua macchina".

Joe sembrava pronto ad esplodere.

"Non dovresti tornare a casa a piedi di notte", disse Rachel. "Questo è solo chiedere guai".

"Beh, l'ho fatto sempre senza problemi, ma stasera mi ha

trovato". Si era buttata su una delle sedie. "Due motociclisti che avevo servito prima sono venuti in mio soccorso. Mi hanno accompagnato a casa".

"Che siano benedetti per questo", disse Joe.

"Non so cosa fare con questo tizio. Vuole darmi delle cose e dice che vuole prendersi cura di me. Voglio dire, davvero?" Lei guardò i suoi genitori per avere una risposta. "Mi ha dato un braccialetto d'argento. Quanto è assurdo?"

"È uno svitato e devi stargli lontano", disse Joe, guardando arrossito l'incontro con sua figlia. "Di' a Brian di occuparsene".

"Sì, Brian dovrebbe intervenire e fare qualcosa, Angie", disse sua madre. "Non può continuare così, devi chiedergli aiuto".

"Lo farò".

UNDICI

IL VISO di Loretta era così pallido che quasi si confondeva con la federa bianca su cui poggiava la testa. Era sdraiata sulla schiena e respirava con l'aiuto della macchina dell'ossigeno quando Rachel entrò nella sua stanza all'ospedale. Non era sicura che Loretta dormisse o meno finché non si sedette sulla sedia accanto al letto. Gli occhi di Loretta si aprirono immediatamente.

"Rachel, cara", sussurrò Loretta, dopo aver spostato la maschera dell'ossigeno di lato. I suoi occhi sorrisero, ma la sua bocca non si mosse.

"Loretta, ciao", disse Rachel, prendendo una delle mani dell'anziana signora nella sua. "Non sforzarti di parlare".

Loretta fece scivolare la maschera al suo posto, sforzandosi di fare un respiro profondo.

"Ok, allora, non è cambiato molto nel condominio da quando sei qui", disse Rachel, cercando di intrattenere la donna. "Oh, sapevi che Alfred e Penelope stanno insieme?"

Loretta fece un cenno con la testa.

"È un'accoppiata così strana, non credi? Penelope è una donna così prudente, e qui il suo ragazzo è stato sposato e divorziato quattro volte. Immagino che lo chiameresti fidanzato, giusto? Si tengono per mano". Rachel continuò a blaterare, sperando che la vecchia si godesse le sue chiacchiere. "Alla loro età, non riesco a immaginare che succeda qualcosa di intimo, e tu?"

Loretta scosse leggermente la testa di lato. Continuava a guardare Rachel, i suoi occhi pieni di apprezzamento.

Un'infermiera entrò nella stanza. "Sei sua figlia?"

"No, solo un'amica intima".

"Sembrava che voi due foste legate in qualche modo".

Rachel guardò l'anziana donna sdraiata nel letto mentre le teneva ancora la mano. "Lo siamo. Lei è molto speciale per me".

"Devo portarla giù per alcuni esami", annunciò l'infermiera. "Mi dispiace".

"Non c'è problema. Posso sempre tornare". Rachel si alzò e rilasciò delicatamente la mano di Loretta sul letto. "Tornerò presto. Sono sicura che Ruby passerà più tardi".

La vecchia donna fece un cenno della testa.

"Ciao, Loretta. Comportati bene".

"Devi fare qualcosa, Brian".

L'uomo guardò Angie con riluttanza. Era ovvio che non amava parlare con un cliente del suo comportamento inappropriato con uno dei suoi camerieri.

"Sta ignorando le mie proteste di lasciarmi in pace. Non puoi permettere che questo continui. Non è giusto".

Brian si pulì la mano sul viso e sospirò. "Ok. Se entra, dimmelo".

Diverse ore dopo, Angie vide James entrare nella tavola calda e prendere posto in uno dei tavoli sul retro. Non appena ebbe finito di sparecchiare il tavolo, trascinò il cestino di plastica pieno di piatti in cucina.

"Brian", chiamò. "È qui".

Il suo capo si allontanò dalla griglia, posando la spatola dal manico lungo sul bancone d'acciaio inossidabile. "Capito".

Per tutta la sua circonferenza e altezza, Brian era un fifone. Non gli piaceva il confronto, e meno che mai con un cliente. Era un cristiano e cercava di esprimere amore, non rabbia. Facendo un respiro profondo, lasciò la cucina attraverso una porta a battente sul lato destro. Questa era la regola: usare solo il lato destro, non importa da che parte arrivi. Si avvicinò a dove era seduto James e si sedette di fronte a lui al tavolo.

"Ciao, Brian", disse James con disinvoltura.

"Sì, James, ho bisogno di parlare con te".

"Certamente".

"Devi lasciare in pace il mio staff, amico. Non posso avere clienti che ci provano con le mie ragazze".

"Chi ha detto che ci provo con le tue ragazze?" Disse a Brian con uno sguardo innocente.

"Sai di cosa sto parlando. Comprare regali, essere insistenti. Deve finire". Brian scavò gli occhi nell'uomo più anziano, senza battere ciglio.

James si leccò rapidamente le labbra e inclinò la testa. "Non sono sicuro di quello che vuoi dire".

"Amico, sai esattamente cosa sto dicendo", disse Brian, strofinandosi una mano sulla testa, soffermandosi sulla nuca. "Lascia stare Angie o dovrò chiederti di non venire più qui".

James non rispose, si limitò a fissare Brian.

"Ti servirà una delle altre ragazze ", continuò Brian, in piedi.

Angie stava guardando dal passaggio della cucina. Non appena Brian rientrò in cucina, chiese dettagli.

"Gli ho detto di lasciarti in pace e che un'altra ragazza lo avrebbe servito".

"E lui era d'accordo?"

"Non ha detto nulla. Non ha nemmeno ammesso nulla".

Angie guardò Brian, con sguardo interrogativo.

"Stiamo a vedere cosa succede. Probabilmente non tornerà", disse Brian mentre si dirigeva verso la griglia. "Bonnie, vai a servirlo".

La nuova ragazza, Bonnie Gibson, si diresse velocemente fuori dalla porta per servire James. Forse lui avrebbe pensato che la coda di cavallo rossa di Bonnie fosse carina. Poteva solo sperare. Ma quando Angie si avvicinò al tavolo accanto a James per prendere l'ordine di una coppia, sentì gli occhi di James che la fissavano. Si sentiva nervosa, ma sperava che questa sarebbe stata l'ultima volta che lui sarebbe venuto alla tavola calda.

"Dove sei stato?" Chiese Rachel quando Joe entrò nel loro appartamento. "Ho perso le tue tracce un paio d'ore fa".

"Ho fatto una ricerca di investimenti".

"Una cosa?" Rachel alzò lo sguardo dallo spolverare il tavolino.

"L'altro giorno stavo guidando lungo Beach Street e ho notato una casa in vendita", disse Joe, sedendosi su una delle sedie. "Così sono tornato oggi, per la giornata di visite".

"Una casa? Non abbiamo bisogno di una casa, abbiamo questo appartamento".

"Lo so. Questo sarebbe per un bed and breakfast o un soggiorno di un paio di notti per i turisti".

Rachel smise di spolverare. "Un B&B?"

"Perché no?"

"Non lo so. Non ho mai pensato di investire in questo modo". Rachel scrollò le spalle. "Com'era?"

"Abbastanza buono, nel complesso. Niente che non potessi sistemare da solo, per lo più estetico".

"Hmm". Rachel si sedette sul bordo del divano. "E stai seriamente considerando questo per noi?"

"Sì".

"Quando posso vederlo?"

"Che ne dici di adesso? Si può ancora visitare, e il posto è solo oltre il ponte e un po' a sinistra. Vicino".

Rachel si alzò in piedi. "Sono pronta. Andiamo".

La casa era di un giallo brillante, a due piani, in stile vittoriano. Affacciata sul fiume dall'altra parte della strada, sarebbe stata una posizione ottimale per i turisti, pensò Rachel. Vicino ai divertimenti e ai ristoranti di Beach Street, e a breve distanza dal ponte verso la spiaggia.

"Questa è una posizione ideale", disse Rachel mentre saliva i gradini del portico avvolgente. "È carino".

Un uomo apparve alla porta d'ingresso. "Entrate, gente", disse. "Ciao, Joe". L'agente immobiliare aprì loro la porta.

"Questa è mia moglie Rachel", disse Joe. "Don è l'agente immobiliare".

Si scambiarono dei convenevoli mentre Rachel e Joe entravano in casa.

Un soggiorno abbastanza grande li accolse ed era ben allestito con mobili dall'aspetto antico. Il camino di mattoni dava un'atmosfera accogliente alla sala. A sinistra c'era una scala aperta che portava al secondo piano. La modanatura a corona decorava il soffitto con un disegno che corrispondeva ad alcune aree della cappa del camino. Rachel attraversò l'arco che portava alla sala da pranzo. Di nuovo, allestita con mobili dall'aspetto antico, Rachel ebbe la sensazione di essere portata indietro nel tempo. Sulla destra c'era una porta che conduceva alla cucina. Anche se non era una grande cucina, aveva alcune qualità che la rendevano accogliente, come gli armadietti dipinti di bianco.

"I mobili sono compresi?" Chiese Rachel.

"Sì, tutto quello che vedi va con la vendita", disse Don.

Rachel e Joe lasciarono quella zona e salirono le scale fino al secondo piano. C'erano quattro camere da letto e un bagno, completo di vasca con i piedi d'oca.

"Hmm, un solo bagno?" Disse Rachel. "Non credo che sia sufficiente se tutte e quattro le camere da letto sono occupate da persone non imparentate".

"No, non lo è", disse Joe, in piedi accanto alla vasca. "Avrei bisogno di aggiungere un bagno".

"Ok, questo è un oggetto di grande valore. Altrimenti sarebbe necessaria la vernice, ma questo è un piccolo oggetto", disse entrando in una delle camere da letto. "Porca vacca, cos'è quello?"

Rachel si bloccò mentre fissava il pensile a muro dall'altra parte della stanza. Lungo ognuno dei tre scaffali c'era una collezione di vecchie bambole. Bambole molto vecchie e dall'aspetto inquietante.

"La collezione di bambole. Anche queste sono incluse nella vendita", disse Don. "Erano della bisnonna del proprietario".

"Decisamente inquietante", disse Rachel. "È come un muro di piccole facce che ci fissano".

Joe ridacchiò. "Oh, sono carine, Rachel. Rilassati".

Rachel spostò gli occhi su Joe. "Stai scherzando!"

Scesero al piano di sotto, e Joe si scusò per poter parlare in privato con Rachel. La coppia uscì in veranda.

"Cosa ne pensi?", chiese.

"Penso che sia una buona idea, meno le bambole".

Joe scosse la testa. "Non mi danno fastidio. Ignora quella parte. E il resto della casa? Mi piace".

"Anche a me".

"Dovremmo farlo?"

"Io voto per il sì".

Joe rientrò in casa. Rachel rimase fuori, appoggiandosi alla ringhiera mentre guardava il fiume attraverso Beach Street. Era così che facevano sempre le cose. Quando era giusto, era giusto. Lo sapevano sempre. Non aveva senso dibattersi sulla questione fino alla morte.

"È fatta", disse Joe a Don.

"Fantastico!" Disse Don, prendendo le carte sul tavolo. "Compila queste carte e poi possiamo fissare una data per la chiusura".

"Grazie, Don".

"Piacere mio, signor Barnes".

DODICI

ANGIE AVEVA LASCIATO il lavoro alle cinque. Si affrettò a casa per farsi una doccia e vestirsi per il suo appuntamento con Josh. Era ansiosa di vederlo, di vedere cosa era successo questa volta. Voleva vedere dove stesse andando questa relazione. Anche se in realtà non era ancora una relazione.

"Ehi", chiamò mentre entrava nell'appartamento dei suoi genitori.

Nessuno rispose, così lei andò immediatamente nella sua camera da letto per prepararsi. Dopo una doccia e uno shampoo per togliere l'odore di grasso dai capelli, si asciugò velocemente i capelli lisci e fece un trucco leggero. Si allontanò dallo specchio e approvando il riflesso. Pantaloni bianchi, top turchese che mostrava un accenno di scollatura, veri gioielli turchesi alle orecchie, alle dita e al polso. Non sapeva dove stavano andando, solo che lui aveva detto di essere disinvolta.

"Miao". Precious si strusciava tra le sue caviglie. "Miao".

"Hai fame?" Angie versò un po' di croccantini nel piatto del gatto. Capitolo gatti chiuso. Precious si precipitò sul cibo, agitando la sua coda folta in aria mentre sgranocchiava felicemente.

Quando sentì il campanello, Angie si avvicinò alla porta. Il suo stomaco fece un salto mortale quando la aprì.

"Ehi, bellissima".

"Ciao".

"Pronta?"

"Sì, fammi prendere la mia borsa". Angie si allungò dietro la porta per sollevare la sua borsa dalla maniglia del ripostiglio. "Fatto".

Scesero in silenzio nell'ascensore. Per rompere il silenzio, Angie chiese dove stessero andando.

"Un posto sull'oceano. Lo gestisce un tizio che conosco. Ottimo pesce".

"Oh, fantastico. Sembra bello".

"La mia macchina è laggiù", disse lui, indicando la direzione dove erano parcheggiate una Cadillac e una Porsche. Lei si chiese quale fosse la sua.

Josh si avvicinò al lato passeggero della Porsche color avorio, sbloccando e aprendo la porta per lei.

Angie si lasciò cadere sul sedile e mise le sue lunghe gambe sotto il cruscotto. "Bella macchina".

Josh sorrise e chiuse la porta.

Angie guardò attentamente la macchina, cercando di non dare nell'occhio. Sembrava essere un nuovo modello. Costoso e stravagante per essere guidato da un giovane uomo. Non poteva fare a meno di pensare che suo padre doveva pagare bene. *Molto* bene.

Arrivarono in un ristorante che sembrava carino all'esterno e gridava Florida all'interno con il suo arredamento. Conchiglie erano attaccate alle pareti marroni e consumate di pietra, insieme ad alcune reti da pesca. L'arredamento era rustico e consumato nell'aspetto, probabilmente era stato volutamente esposto alle intemperie. I tavoli di legno scuro avevano tovaglie e tovaglioli bianchi, con una lanterna al centro di ogni tavolo.

All'entrata, una grande vasca per i pesci sporgeva nella zona d'attesa.

Appena entrati, gli fu mostrato un tavolo, nonostante sei coppie in attesa. Erano seduti vicino a una finestra che dava sulle onde dell'oceano che si infrangevano sulla riva. La vista era spettacolare. Angie notò che l'unico colore brillante nella grande sala da pranzo erano le tende arancioni legate con una corda color verde acqua.

I camerieri erano tutti uomini. Un giovane dai capelli scuri e baffi si avvicinò rapidamente al loro tavolo. "Buona sera. Sono Jerry".

"Ciao, Jerry", disse Angie. "Anch'io servo ai tavoli".

"Oh, bello. Vuoi qualcosa da bere?" Jerry si affrettò, senza prendere tempo per le chiacchiere.

"Beh, sì, un bicchiere di tè freddo".

"Non vuoi un vero drink?" Le chiese Josh.

"No, voglio un tè freddo".

"Prendo un vodka martini, secco, con ghiaccio e due olive", disse Josh al cameriere.

Guardarono il menu che il giovane aveva lasciato per ognuno di loro.

Josh la guardò serio dall'altra parte del tavolo. "Cosa ti piace? Qualsiasi cosa tu voglia, ordinala".

"Hmm, stavo pensando alla bistecca di tonno", disse lei. Non era la voce più costosa del menu, ma non era nemmeno la più economica.

Josh sorrise. "Una donna con i miei gusti. Anch'io adoro il tonno. Prendo lo stesso".

Il cameriere tornò con le loro bevande e prese l'ordine per due bistecche di tonno al sangue.

"Come va il lavoro?", chiese.

"Meglio. Mi ci sono abituata".

"E quell'uomo che ti molesta?"

"Brian ha parlato con lui oggi e gli ha detto di lasciarmi in pace o gli sarebbe stato chiesto di non tornare", disse, mettendo il tovagliolo in grembo.

"Bene".

"Ma è stato dopo che James ha cercato di farmi salire in macchina mentre stavo tornando a casa a piedi".

Le mascelle di Josh si serrarono notevolmente in reazione.

"Fortunatamente, due motociclisti che avevo servito sono venuti in mio soccorso. James se ne è andato e loro mi hanno scortato per il resto della strada fino a casa". Angie lo guardò, aspettandosi che Josh fosse contento di sapere che tutto si era risolto. Ma Angie poteva vedere che era agitato.

"Dimmi se torna e me ne occuperò io", disse severamente. "Sono serio".

Gli occhi di Angie si allargarono sulla sua affermazione. "Non c'è niente di cui preoccuparsi. È tutto sistemato".

"E se non lo è, fammelo sapere", disse.

Angie gli fece un piccolo sorriso e cambiò argomento. "Com'è stato il tuo viaggio?"

"Impegnativo e stressante, a tratti".

"Oh, come mai?"

"Odio volare. Odio gli aeroporti, la folla, diventa fastidiosa".

"Oh, io adoro volare".

"Non io. E trattare con la gente negli affari è stressante. Preferisco stare con te". Prese un sorso del suo drink, guardando dall'altra parte del tavolo, e poi le fece un grande sorriso. Quando lo fece, le fossette in entrambe le guance balenarono.

"Che dolce. Quindi, ora siamo insieme". Bevve un sorso del suo tè freddo.

Josh alzò il bicchiere verso di lei. "Un brindisi: alla donna più bella della stanza". Angie toccò il bicchiere con il suo e sorrise.

"Tu fai un sacco di complimenti". Non che a lei non piacesse ricevere complimenti, solo che lui ne faceva a bizzeffe.

"Solo alle persone meritevoli".

Dopo altre chiacchiere, il cameriere arrivò con le loro bistecche di tonno, mettendo i grandi piatti davanti a loro. L'aroma del tonno le fece venire l'acquolina in bocca. La cena includeva anche purè di patate all'aglio, asparagi e panini. Angie era soddisfatta del suo pasto.

"Come sono andati gli affari, oltre ad essere stressanti?" Chiese Angie.

"Ho a che fare con dei cretini. Alcuni sono stronzi", disse pungendo il lato del suo tonno con una forchetta.

Angie batté le palpebre alla parola stronzi. "Davvero? In che senso?"

Josh sembrò riprendersi, rendendosi conto che stava dicendo troppo. Sorrise ad Angie mentre prendeva un boccone di tonno. "Oh, sai, alcune persone sono prepotenti, forse non così oneste come altre. Cercano di truffarti. E io devo ripulire il casino".

"Capisco". Ma Angie non aveva la minima idea di cosa volesse dire. "Quale casino?"

Josh sospirò mentre pensava a cosa dire dopo. Angie se ne accorse. "Quando qualcuno fa un casino negli affari, devo andare a sistemare le cose. Alla gente non piace".

"Certo".

"Allora, penso che queste persone siano dei pezzi di merda. Stronzi. Dei pezzenti".

"Ok". Non andava bene che lui avesse una così brutta opinione delle persone, ma doveva pur dire qualcosa.

"Com'è il tonno?" chiese.

"Fantastico. Lo adoro".

"Bene". Josh sorrise di nuovo ad Angie.

Mentre beveva un sorso del suo tè freddo, Angie notò una tempesta nell'oceano. Raffiche di fulmini scintillavano e poi si spegnevano. Una vista bellissima. Questa avrebbe dovuto essere la serata perfetta, l'inizio per due persone che si stanno conoscendo. Ma tutto cambiò dopo quella sera.

. . .

"Sono così preoccupata per Loretta", disse Rachel mentre mescolava la zuppa che aveva preparato. Usava sempre la pentola pesante di sua madre per fare la zuppa. Era una specie di cimelio, o almeno per Rachel lo era.

"È in buone mani", disse Joe dalla sedia vicino al piccolo tavolo della cucina. "Ne uscirà".

"Non lo so. Aveva un aspetto terribile, ed è così debole".

"Devi mantenere un atteggiamento positivo".

"Ci provo, ma è un età critica", disse Rachel, aggiungendo altro sale alla pentola. Si sentiva il profumo dell'aglio mentre mescolava. "Sono così affezionata a lei".

"So che lo sei, ma credo che tu stia ricordando tua madre".

La madre di Rachel era morta dopo aver contratto una polmonite quando aveva più di ottant'anni. Le somiglianze erano inquietanti.

"Potresti avere ragione", disse lei, sbattendo il cucchiaio sul lato della pentola. "Ok, nota a me stessa: smettila".

Joe sorrise a sua moglie. "Angie si unisce a noi per cena?"

"No, è ad un appuntamento con Josh".

"Davvero? Dove sono andati?"

"Non lo so. Le ha detto di vestirsi casual".

"Questo potrebbe significare qualsiasi cosa, da un film a una passeggiata sulla spiaggia o una cena in un fast food".

"Dubito che mangeranno in un fast food dopo che Angie ci ha lavorato tutto il giorno".

"Vero. Quanto manca alla cena?"

"Poco. Puoi lavarti le mani, siamo quasi pronti per mangiare. Puoi anche tirare fuori i cucchiai e i coltelli. Non avremo bisogno di forchette", disse.

Joe si lavò le mani in bagno, poi tirò fuori il cassetto della cucina che conteneva gli utensili, selezionando ciò che lei aveva richiesto.

"Burro?" chiese.

"Sì, ho del pane nel forno".

"Lo so. Sento l'odore". Joe mise i cucchiai e i coltelli sul tavolo della sala da pranzo, poi portò il burro dal frigorifero.

Rachel portò le ciotole di zuppa al tavolo, poi tornò a prendere il pane dal forno, mettendolo in un cestino. Entrambi si sedettero a tavola e Joe disse la preghiera.

"Angie ha cercato un altro lavoro?" Chiese.

Rachel sapeva che Joe intendeva un lavoro ben pagato. Quello che aveva alla tavola calda doveva essere temporaneo. "Non ha avuto molto tempo per cercare da quando ha iniziato al Brian's Burgers", disse Rachel, soffiando su un cucchiaio di zuppa. "È anche stanca per il lavoro fisico che fa lì, quindi non è molto motivata ad alzarsi presto nei pochi giorni in cui dovrebbe cercare".

"Posso capirlo", disse Joe, prendendo un morso di pane. "Ah, incredibile. Ci hai messo l'aglio o questo odore viene dalla zuppa?"

"Entrambi".

"Ottimo".

Rachel prese il suo ventaglio e si mise a girare l'aria in faccia. "Ogni volta che mangio una zuppa, le mie vampate di calore peggiorano".

"Pensavo fossero temporanee".

"Lo sono, ma temporaneo può significare un paio d'anni".

"Oh".

"Joe?" guardò suo marito con una domanda negli occhi. "Cosa ne pensi di Josh? È una buona influenza per nostra figlia?"

"Sembra a posto, credo. Perché? Non ti piace?"

"Non c'è niente da disprezzare. È affascinante, bello, molto educato, ma non so". Posò il ventaglio sul tavolo.

"Il tuo intuito ti dice qualcosa?"

"Forse. O forse è solo la preoccupazione di una madre".

"Dagli un po' di tempo. Se non va bene per Angie, lo vedremo".

Un lampo attraversò il cielo.

"Ooh, un'altra tempesta", disse, prendendo il suo primo morso di pane.

"Come un orologio".

"È la Florida".

TREDICI

ENTRARONO NELL'UNITÀ 810. Angie non era mai stata in quell'unità, né prima né dopo l'omicidio.

"Pensavo che avresti potuto incontrare papà", disse Josh, "ma non credo che sia qui".

"Un'altra volta", disse Angie.

"Andiamo", disse, facendo cenno verso il divano. "Vuoi un bicchiere di vino?"

"No, grazie".

Josh si voltò verso la cucina mentre Angie si dirigeva verso il divano. Diede un'occhiata all'arredamento. Decisamente maschile. Mobili di pelle nera, tavoli di vetro, una grande TV a schermo piatto appesa al muro. Per il resto, le pareti erano prive di quadri o di qualsiasi decorazione. La stanza le lasciò un'impressione fredda.

Quando uscì, Josh stava portando un vassoio con due bicchieri e una bottiglia di vino. Posò il vassoio su un tavolo di fronte al divano e versò il vino nei bicchieri.

"A noi", disse, porgendole un bicchiere. "Un altro brindisi?"

"Ma non volevo del vino". Angie fece una pausa per raccogliere i suoi pensieri. Si sentiva spinta a fare un brindisi con una bevanda che non voleva. "Ok. Alla nostra nascente amicizia".

Josh alzò le sopracciglia. "Amicizia?"

"Tutto parte dall'amicizia".

"Sì, vero. Ok, all'amicizia". Lui le fece un sorriso con le fossette.

Fecero tintinnare i bicchieri e Angie bevve un sorso di vino per tranquillizzare Josh. Non ci volle molto tempo prima che Josh facesse la sua mossa, scivolando più vicino sul divano. Mise il braccio attorno ad Angie e si chinò per un bacio, il profumo di legno di sandalo la invadeva. Questa volta non era un bacio morbido e breve. Faceva sul serio.

"Oh, il mio vino", disse lei, tenendo il suo bicchiere più in alto. "Si sta rovesciando".

"Non c'è problema. Il divano è di pelle", disse Josh. Fece oscillare il suo braccio libero verso il tavolo e vi mise il suo bicchiere, poi prese il bicchiere di Angie dalla sua mano e lo mise accanto al suo.

Di nuovo, si avvicinò per un bacio. Quando Angie si contorse un po', lui mise la mano sulla parte superiore del suo braccio, premendola sul divano. Angie sentì la sua mano premere più forte quando lei si oppose in risposta. Lei emise delle proteste ovattate mentre lui insisteva, e alla fine dovette spingere contro di lui. Il suo forte petto non cedette. Apparentemente, questa era l'idea di Josh di un secondo appuntamento, ma certamente non era la sua.

Angie tirò la faccia di lato quando lui si alzò per prendere aria. "Fermati!"

L'espressione sul volto di Josh era di sorpresa. "Cosa?"

"Stop. Ho detto basta, dicevo sul serio. Non lo farò". La sua bocca aveva formato una linea ferma di determinazione sul suo viso.

Josh si allontanò da lei e si sedette di nuovo sul divano,

portando il braccio al suo fianco. "Scusa. Ho solo pensato..." disse con un'alzata di spalle.

"Beh, cambia pensiero. Non succederà niente".

"Ok", disse, gettando entrambe le mani in alto in segno di resa. "Bene".

Angie lo guardò attentamente in faccia, chiedendosi cosa lo avesse posseduto per pensare che lei avrebbe acconsentito. Non credeva di aver dato alcuna indicazione di essere una facile.

"Penso che dovrei andare", disse lei, alzandosi in piedi. "Grazie per la cena, è stata meravigliosa".

"Devi proprio andare?"

"Sì. Domani ho un po' di tempo per fare altre domande di lavoro. Ho bisogno di dormire". Angie camminò con passo deciso verso la porta d'ingresso. "Esco da sola".

"Posso accompagnarti giù", si offrì.

"No, sono al sicuro. È tutto a posto. Buona notte". Non riuscì ad allontanarsi da lui abbastanza velocemente.

"Buona notte".

Andò verso l'ascensore e spinse il pulsante del quarto piano una volta dentro. Mentre scendeva, pensò a quello che era successo.

Rachel era seduta al tavolo della sala da pranzo, sorseggiando lentamente il suo caffè mattutino. Joe entrò, guardandola con sospetto.

"Sei sveglia?"

Erano le sei e mezza, prima di quando Rachel si alzava di solito.

"Sì, sono preoccupata".

"Di cosa?"

"Nostra figlia". Guardò direttamente suo marito sopra la tazza che teneva tra le mani.

"Perché ti preoccupi adesso?"

"Non è tornata a casa ieri sera".

"Strangolerò quell'idiota se pensa..." Le parole di Joe si soffocarono.

"Sto avendo pensieri simili, solo che i miei sono più grafici". Rachel prese un altro sorso del suo caffè e poi continuò. "Sono andata nella sua stanza perché Precious stava grattando alla porta. Ho pensato di dirle di dare da mangiare al gatto, solo che lei non era nel letto. Era ancora perfettamente fatto. Così, ho dato da mangiare a Precious. Poi ho visto il suo telefono sulla toilette. Non ha portato il telefono con sé".

"Non è da lei. Forse l'ha dimenticato?" Disse Joe. "Pensi che abbia passato la notte con Josh, vero?"

Rachel si alzò dalla sedia, senza rispondere alla grande domanda che aveva in mente. "Vado di sopra a parlare con lui".

"Sei in pigiama".

Rachel lanciò al marito uno sguardo seccato. "Certo, ho intenzione di cambiarmi prima di andare".

"Posso venire con te".

"No, lascia che me ne occupi io. Faresti maschio protettivo". Sapeva come poteva essere nei confronti di Angie.

"È mia figlia, certo che sono protettivo. È quello che fanno i padri".

"Potrebbe esserci una buona scusa", disse. "Non so quale potrebbe essere, ma ho intenzione di chiedere".

Joe sospirò udibilmente. "Ok, fai quello che vuoi".

Non appena Rachel fu vestita con la cosa più semplice che riuscì a trovare, jeans e una maglietta a maniche lunghe, uscì dalla porta. Premette il pulsante per l'ottavo piano, improvvisamente furiosa, pronta ad attaccare. Il suo autocontrollo stava diminuendo. Un commento stupido e *bum*, gliel'avrebbe fatta pagare. Certo, non aveva mai picchiato nessuno in vita sua. Era tutta una fantasia che le girava nel cervello.

Dopo essere arrivata al piano, marciò verso l'unità 810,

bussando forte e suonando il campanello. Ci volle un minuto perché la porta si aprisse, dato che era presto. Josh mise la testa fuori tra la porta e lo stipite.

"Oh, Rachel?" Sembrava che avesse gli occhi stanchi.

"Dov'è mia figlia?"

"Sua figlia? Non lo so".

"Non dire stronzate, Josh. Angie è qui?"

"No. Perché pensi che sia qui?" chiese, aprendo completamente la porta. Sembrava un uomo svegliato dal sonno mentre stava davanti a lei in accappatoio, con i capelli spettinati.

"Perché non è a casa con noi".

Josh scosse la testa. "Non è un mio problema. Mi dispiace, Rachel, ma non ho idea di dove sia Angie".

"Non è con te?"

"No. Se n'è andata ieri sera verso le dieci".

"L'hai accompagnata alla nostra porta?"

"No. Ha detto che sarebbe stata bene. Questo è un edificio sicuro", disse con un'alzata di spalle.

Rachel divenne silenziosa, fissando Josh. "Allora, dov'è?"

"Non lo so".

Rachel si voltò incredula. *Dov'è mia figlia?* Tornò lentamente verso l'ascensore, premendo il pulsante del quarto piano.

"Joe", chiamò mentre entrava nella sua unità. "Lei non c'è".

Joe era davanti ai fornelli a mescolare le uova in una piccola padella. Rufus osservava ogni sua mossa. Si girò, padella in mano e spatola nell'altra, per affrontare Rachel. "Non era a casa sua?"

"No".

Joe rimise la pentola sul fuoco. "Dove potrebbe essere?"

Rachel guardò suo marito con gli occhi grandi.

"Ecco, tu siediti e mangia le uova. Io porto a spasso Rufus". Joe raschiò le uova su un piatto e lo mise sul piccolo tavolo. Cercò nel cassetto degli utensili e tirò fuori una forchetta, mettendola accanto al piatto. "Siediti. Mangia".

Rachel lo fece, sedendosi sulla sedia. Fissò brevemente le uova prima di prendere la forchetta.

"Qui, Rufus. È l'ora della passeggiata". Joe agganciò il guinzaglio al collare. Rufus corse verso la porta. "Tornerò presto".

Rachel masticò le uova fino a renderle quasi liquide, fissando il vuoto. Il suo cervello era confuso, come se stesse guardando la vita attraverso del cotone tagliuzzato, steso da un albero all'altro ad Halloween.

Joe tornò rapidamente con Rufus, quasi ansimando nella sua fretta. "Ho notizie di Angie", disse, slacciando il guinzaglio.

La testa di Rachel si girò. "Cosa?"

"La nostra macchina è sparita. Deve aver preso la macchina".

"La macchina? Perché avrebbe dovuto prendere la macchina? E dove?"

"Non lo so, ma non è più nel parcheggio".

"Non è tornata a casa ieri sera..."

"Allora deve aver preso la macchina ieri sera".

"Per cosa? Per comprare le sigarette? Lei non fuma. Cosa può essere così importante da farla uscire a tarda notte?" Rachel guardò suo marito con aria assente. "E senza il suo telefono?"

"Ehi, stai chiedendo al padre qui. Stavo dormendo".

"È sempre più assurdo. Non sono ancora sicura che Josh non abbia qualcosa a che fare con questo".

Joe scrollò le spalle. "Non ne ho idea".

"E adesso? Chiamiamo la polizia?"

"Non credo. È un'adulta e potrebbe aver guidato – chissà dove – potrebbe essere tutto a posto".

"Allora, aspettiamo?"

"Dobbiamo aspettare".

Rachel sgranò gli occhi e scosse la testa. I ragazzi. La vita non è più facile quando sono adulti.

QUATTORDICI

MENTRE ROVISTAVA nella sua borsa per le chiavi dell'appartamento, vide la chiave della macchina attaccata all'anello. Angie pensò subito di fare un giro. Per schiarirsi le idee, pensare a quello che era successo. Quando le porte si aprirono al quarto piano, spinse il pulsante di chiusura e poi quello dell'ingresso. Stava andando a fare un giro.

Angie girò a destra fuori dal parcheggio e poi a sinistra al semaforo, attraversando il ponte verso la terraferma. Pensò che un giro vicino al fiume e all'area del parco sarebbe stato rilassante, e così guidò. Era molto tranquillo a quell'ora della notte. Non c'era nessuno sulle strade secondarie, e l'unico suono che sentì fu un gufo attraverso il finestrino aperto. Proprio quando si sentiva rilassata nella guida mentre si aggirava per le strade secondarie vicino al fiume, la vita si trasformò in un incubo. All'unico tornante della strada, un camion che tirava un lungo rimorchio andò a sbattere contro l'auto di Angie. Non solo l'autista stava andando troppo veloce per girare la curva, ma non doveva nemmeno essere su quella strada. E l'asfalto era umido, che in Florida significava che la strada era scivolosa.

Mentre l'autista del semirimorchio cercava di rallentare la sua velocità e di tornare nella corsia corretta, il rimorchio oscillò davanti a lei. Lei schiacciò il freno per evitarlo, ma colpì l'angolo posteriore, che la mandò a sbattere contro un palo della luce. Angie guardò con affascinato orrore ciò che accadde dopo. Era proprio come nei film, dove tutto è improvvisamente ridotto al rallentatore. L'auto si staccò dal palo della luce, rimbalzò su alcuni cespugli e si schiantò tra gli alberi, tuffandosi infine con il naso in una profonda buca a circa quindici metri dalla strada.

Il mondo divenne improvvisamente molto fermo.

Passarono minuti prima che Angie si rendesse conto di quello che era successo. Non riusciva a muoversi, il suo corpo era congelato come se fosse nella morsa di un blocco di ghiaccio nell'Artico o in un posto altrettanto freddo. Era impotentemente bloccata nell'auto mentre si guardava intorno per capire dove si trovasse. Gli alberi sembravano circondare il veicolo, il che probabilmente nascondeva la sua presenza a coloro che passavano in auto. L'auto dei suoi genitori era sospesa sopra una fossa, catturata da rami d'albero spezzati. Forse una dolina era un termine più appropriato per il luogo in cui si trovava. I fari illuminavano una zona cavernosa che sembrava scendere al centro della terra. E poi i fari si spensero.

La mente di Angie cominciò a svolazzare come una delle fastidiose zanzare che stavano entrando nell'auto. Notò che le sue gambe erano saldamente incastrate nel cruscotto schiacciato. Mentre le sue braccia erano libere e poteva ruotare la testa, non c'era alcuna possibilità che questo la liberasse da quel trauma. L'auto dei suoi genitori era un casino contorto e maciullato. Si sarebbero arrabbiati molto.

La sua salvezza fu la cintura di sicurezza che la teneva comodamente al suo posto. L'airbag aveva funzionato male, rilasciando un semplice soffio della dimensione di un batuffolo di cotone. Immaginò che il camionista si fosse allontanato, probabilmente ignaro della sua situazione.

Pensieri spaventosi invasero il suo cervello.

Quanto tempo dovrò aspettare l'arrivo dei soccorsi?

E se nessuno mi trovasse qui?

E se nessuno mi trovasse mai perché sono sprofondata ancora di più in questa voragine senza fondo?

Il finestrino del lato del conducente era in posizione abbassata prima dell'incidente, quindi entrava l'aria. Almeno poteva respirare facilmente anche se non poteva muovere nulla sotto la testa e le spalle.

Potrei morire qui.

"Non la vediamo da ieri", disse Joe al poliziotto. "Sappiamo che qualcosa non va perché non ci ha contattato".

Quando Angie non tornò all'appartamento entro le sei di sera, chiamarono la polizia per denunciarne la scomparsa. A quel punto sapevano che qualcosa non andava. Un agente era andato nella loro unità perché non avevano un mezzo di trasporto.

"E lei ha la sua macchina?" chiese l'ufficiale mentre annotava i particolari.

"Sì, a meno che qualcuno non abbia casualmente rubato la nostra auto nello stesso momento", disse Rachel.

"Improbabile", disse.

"Lo so. Ecco il numero di targa e la descrizione della nostra auto". Consegnò al secondo ufficiale un foglio di carta che aveva preparato con le informazioni del veicolo scritte sopra.

"Conosce la zona?", chiese.

"È nata in questa zona, quindi sì, sa come muoversi", disse Joe.

"Ha tendenze suicide?"

"Misericordia, no", disse Rachel. "È abbastanza sana di

mente. Qualcuno l'ha rapita o è successo qualcosa di terribile. Non ha intenzione di farsi del male. Ma dovresti parlare con Josh Brigham. Vive nella 810. È l'ultimo ad averla vista".

"Lo farò. Conosce qualcun altro che potrebbe averla vista?

"No".

"Uno di voi ha detto di avere una foto?" L'uomo guardò avanti e indietro verso entrambi.

"Sì, qui", disse Joe, raggiungendo accanto a sé la foto sul tavolo. "Questa è recente".

"Ok, faremo uscire queste informazioni immediatamente. Avere le informazioni sull'auto sarà di grande aiuto e, naturalmente, la foto". L'ufficiale si alzò, sistemando la fondina vicino alla gamba. "Vi farò sapere man mano".

"Grazie, agente", disse Joe.

"Sì, prego. Qualsiasi altra cosa di cui avete bisogno, fatecelo sapere", disse Rachel.

"Abbiate cura di voi, signori". Entrambi gli uomini lasciarono l'appartamento.

Joe e Rachel stavano in piedi vicino alla porta, fissandosi l'un l'altro senza espressione. Non c'era bisogno di parole. Conoscevano i reciproci pensieri dopo tanti anni di matrimonio.

La notizia della scomparsa di Angie era trapelata tra i residenti. Tutto era cominciato quando la gente aveva notato che Rachel e Joe erano in giro, ma la loro auto era sparita. Una cosa tira l'altra e si era sparsa la voce.

"Mi dispiace tanto", fu la prima cosa che Ruby disse dopo essere entrata nell'ufficio. Ethel era con lei, e indossava un copricostume sopra il costume da bagno, con sollievo di Rachel. "Ci sono novità?"

"No, non una parola". L'espressione di Rachel era chiaramente di dolore.

"Accidenti. Come si fa a svanire nel nulla?" Ethel disse con voce nasale, con le mani sui fianchi.

"Non lo so". Il petto di Rachel si gonfiò con un sospiro. "Continuo a pregare che Dio protegga la mia bambina".

La vecchia signora la guardò gentilmente. "Bene, ti lascio. Volevo solo chiederti se sapessi qualcosa".

"Non ancora".

"Pregherò anche per lei", disse Ethel, voltandosi per andarsene.

Ruby si voltò dalla porta poco prima di uscire. "Quasi dimenticavo di dirti una cosa".

"Cosa?"

"Credo di sapere chi sia l'uomo con il soprabito e il cappello".

"Davvero? Conosci il nostro uomo misterioso?"

"Sì. Credo che sia il mio ex marito, beh, uno dei miei ex, comunque. Si chiama Bob Mason".

"Il tuo ex? Ma pensa un po'". Rachel si sedette, divertita e confusa.

"Già. Non so perché dovrebbe curiosare in giro, ma è lui".

"Grazie Ruby".

QUINDICI

ANGIE DECISE DI PENSARE POSITIVO, dato che era bloccata nella posizione e non poteva fare altro. Come avrebbe occupato il tempo? Non si sarebbe mai aspettata che un camionista idiota guidasse troppo veloce su un marciapiede umido e su una strada che non avrebbe dovuto nemmeno percorrere. Così, decise di vedere la cosa dal lato positivo. Il lato positivo era che lei allacciava sempre la cintura di sicurezza e questa volta non era stato diverso. Quella cintura di sicurezza le aveva salvato la vita. L'auto era atterrata sul lato destro, anche se inclinata in avanti. Stare a testa in giù avrebbe reso una situazione terribile ancora peggiore. Pertanto, la vita avrebbe potuto essere veramente terribile invece che solo un po'.

Angie sperava che qualcuno la vedesse prima di passare un'altra notte intrappolata in macchina. Anche se non era una strada trafficata, le auto passavano di tanto in tanto. Poteva vederle tra gli alberi, ma potevano vederla? Bastava che la vedesse uno solo. Uno solo, e sarebbe stata libera. Ma a dire il vero, non sapeva davvero quanto fosse visibile la sua auto dalla strada, se mai lo fosse stata. Ma questo non era un pensiero positivo.

Man mano che la giornata passava, la situazione diventava sempre più noiosa, e Angie aveva sempre più fame. Non aveva mangiato dalla cena con Josh. Ora sembrava che qualsiasi tipo di cibo fosse un sogno, nel migliore dei casi, fino a quando non fosse stata salvata. Angie aveva anche caldo. Fuori era nebbioso e umido, il tipico tempo della Florida per questo periodo dell'anno. E aveva molta sete. Scrutò l'interno dell'auto alla ricerca di una bottiglia d'acqua. Vide una bottiglia sul pavimento del lato passeggero, ma raggiungerla era un problema. Poi notò un ombrello incastrato tra la metà superiore del sedile del passeggero e la parte inferiore. Angie lo afferrò con la mano destra e mosse l'estremità verso la bottiglia. Riuscì a trascinarla più vicino a sé.

Ora doveva allungarsi per raggiungerla. Sdraiata sul fianco destro, Angie allungò il braccio per raggiungere la bottiglia. Grazie al cielo per gli anni di pratica yoga negli ashram. La punta delle dita toccò il tappo di plastica, poi il collo, e finalmente fu in grado di arricciare due dita intorno al collo della bottiglia. Vittoria!

Usando il volante, si tirò di nuovo su con il braccio sinistro. Angie svitò il tappo e sollevò la bottiglia alle labbra, godendosi il liquido rinfrescante, facendo attenzione a non bere tutta l'acqua nel caso ne avesse avuto bisogno dopo.

Man mano che la sera arrivava le venne sonno, specialmente quando si fece buio. Era ancora umido, ma meno. Si chiese se sarebbe riuscita a dormire. Ma cos'altro doveva fare? Non poteva guardare la TV o chattare al telefono. E dov'*era il* suo telefono? Non sapeva nemmeno dove fosse la sua borsa in quel momento. Angie decise che poteva anche dormire fino a quando i soccorsi non fossero venuti a salvarla. Stava pensando positivo! I soccorsi stavano arrivando! E fu allora che iniziò il temporale. Ben presto la pioggia iniziò a battere alacremente nella macchina attraverso il finestrino aperto, mentre i tuoni rimbombavano sopra di lei, scuotendo la macchina e i suoi nervi. Mentre guardava una striscia di fulmini danzare nel cielo, sentì il veicolo sobbalzare di circa 30 centimetri. Angie urlò e si bloccò in posizione mentre la pioggia continuava a saturarle metà del busto. Non osava muoversi per paura che l'auto precipitasse ulteriormente nella dolina.

"Dio mi aiuti!", gridò.

Con la stessa rapidità con cui arrivò la tempesta cessò, il cielo si schiarì e i lampi svanirono. La pace sostituì i momenti di terrore. L'umidità era sparita. Angie chiuse gli occhi e tentò di dormire. Ma diverse volte durante la notte si svegliò quando sentì degli animali selvatici frusciare tra i cespugli. E poi c'era un gufo rumoroso che fischiava nelle vicinanze a gran voce. Ad aumentare le sue distrazioni e il suo disagio c'era la sensazione di bagnato del sedile sottostante e i vestiti appiccicati a metà del suo corpo.

"Ti prego, Dio, aiutami. Manda qualcuno che mi trovi. Sono una brava ragazza. Non rubo, non dico parolacce, non baro e non sono promiscua. Aiutami, Dio". Le lacrime cominciarono a scorrere lungo le sue guance.

Le cose vanno davvero male quando inizio a supplicare Dio. Sapeva bene che non doveva mercanteggiare. Non era quello il modo per ottenere ciò di cui aveva bisogno. Ma la preghiera sì. Era stata cresciuta come cristiana, aveva frequentato la scuola domenicale, era andata in chiesa, aveva passato settimane alla scuola biblica per le vacanze e al campo estivo, e tutto. Ma da adulta si era allontanata per avvicinarsi alle religioni orientali.

Supponeva che stesse cercando delle risposte o qualcosa di eccitante, una nuova avventura. Altrimenti, non sapeva davvero cosa avesse cercato allora o perché avesse cercato risposte in altre religioni quando quella che aveva l'aveva sempre confortata e soddisfatta.

Sua madre, che non era andata molto in chiesa quando Angie era una bambina, ora la frequentava regolarmente, leggeva la Bibbia e andava allo studio della Bibbia. Era cambiata molto, mentre suo padre era sempre stato religioso e continuava ad esserlo. Forse era il momento di tornare alle sue radici? I suoi genitori partecipavano alle funzioni ogni domenica. Poteva andare con loro in chiesa. Forse era il momento. *Devo solo uscire da questo fosso.*

Joe e Rachel si sedettero fianco a fianco sul divano la mattina dopo. Si tenevano per mano mentre Joe li guidava nella preghiera. Naturalmente, la preghiera chiedeva che la loro figlia fosse riportata a casa sana e salva. Le lacrime di Rachel scorrevano costantemente lungo le guance, una dietro l'altra, mentre Joe pronunciava le parole ad alta voce.

"Amen", dissero insieme alla fine della preghiera.

"Andrà tutto bene", disse Joe a Rachel. "Non preoccuparti, ci pensa Dio".

Rachel annuì con la testa e cercò di sorridere. "Sì, certo. Vado in ufficio. Mi terrà occupata".

"Buona idea".

"Abbiamo la cena nella pentola di coccio".

"Ottimo piano". Joe diede una pacca sulla spalla della moglie e si chinò per baciarle la guancia. Lei gli rivolse un mezzo sorriso e si alzò per andare nel suo ufficio.

Josh fu il primo ad entrare nell'ufficio di Rachel, vestito come sempre di nero. Le fece un cenno, esitando a parlare.

"Sì, Josh, cosa c'è?" Rachel non era in vena di far cerimonie. Stava curando le sue ferite.

"Volevo solo sapere se avessi sentito qualcosa".

"No, niente finora", disse lei, sedendosi di nuovo sulla sua sedia. "La polizia sta cercando l'auto. Pensano che se riescono a trovare l'auto, questo li condurrà da Angie".

"Mi dispiace molto".

Rachel guardò il giovane uomo, così alto e bello. "Sei stato l'ultimo a vederla".

"Lo so".

"Continuo a pensare che tu sia più coinvolto in questo di quanto dici".

"No, non lo sono. Non ne so più di te. Ed è esattamente quello che ho detto alla polizia".

Rachel continuò a fissare Josh dritto negli occhi. Non gli credeva. Sua figlia era scomparsa dopo essere stata con lui. Nessuna telefonata, nessun messaggio. C'era qualcosa che non andava in questa situazione. E Josh era coinvolto, per quanto la riguardava.

"Come vuoi, Josh".

"Mi dispiace molto", disse, e uscì dall'ufficio.

Rachel digrignò i denti per la frustrazione. La sua preziosa figlia, scomparsa. Le lacrime le salirono agli occhi. Non erano sempre andate d'accordo. C'era stato quel periodo in cui lei era un'adolescente alla ricerca della sua identità, voleva essere indipendente. Si erano scontrate molte volte, ma durante questa stagione della vita, in realtà stavano andando abbastanza bene. Ora, questo. Scosse la testa, si asciugò le lacrime con le dita e continuò con le scartoffie per tenersi occupata.

Rachel sentì un leggero colpetto alla porta, poi Penelope entrò. Praticamente nessuno bussò prima di entrare, probabilmente perché pensavano che lei potesse vederli avvicinarsi attraverso le pareti di vetro.

"Ciao, Penelope".

"Sì, salve". La vecchia signora la guardò, poi sospirò. "Odio lamentarmi. Sai che non lo faccio spesso, ma a volte bisogna dire la verità".

"Cosa c'è?"

"Quella nuova vicina del mio piano. Penso che sia da manicomio".

"Di chi stai parlando?" Così tanti residenti mostravano idiosincrasie che era difficile sapere di chi stesse parlando.

"Gladys Porter". Quella con i capelli arruffati. Sai, quella che assomiglia a Phyllis Diller".

"Oh, sì, è così, vero?" Gladys era abbastanza nuova nel condominio. Per quanto ne sapeva Rachel, era tranquilla e stava sulle sue. Ma se la vecchia signora si fosse comportata male, avrebbe potuto contare su Penelope per segnalare il comportamento. "Allora, cosa fa?"

"Verso le otto di ogni mattina, Gladys indossa le sue scarpe da tennis e pantaloncini e va a correre", disse Penelope.

"Cosa c'è di male?"

"Beh, oltre al fatto che non ha il diritto di correre come se avesse sedici anni, Gladys si ferma davanti alla mia unità e canta come un gallo".

Rachel dovette soffocare una risatina. "Come un gallo? Cerca di svegliarti?"

"Non so cosa stia facendo. Penso solo che sia un po' folle fare il gallo alla porta di qualcuno, non credi?" Penelope si strinse al corpo il cardigan rosa.

Rachel doveva essere d'accordo, questo era un comportamento strano. "Sì, è un po' strano. Perché non le chiedi perché canta?"

"Oh, non potrei farlo. No". Penelope scosse la testa. "Questo è il tuo lavoro".

Rachel non era d'accordo. Il canto non dava fastidio a nessuno, tranne che a Penelope. Ma doveva placare la donna. "Le parlerò la prossima volta che la vedo, ok?"

"Sì, non chiedo altro". La vecchia signora si voltò verso la porta. "Grazie, cara".

Dopo che Penelope se ne fu andata, Rachel fece una risatina. Questo era nuovo, il gallo. Forse la donna era un po' eccentrica, ma sembrava innocua. E si trovava bene con gli altri eccentrici residenti.

. . .

"Spero di riuscire a dormire", disse Rachel a suo marito tra il lavarsi i denti e lo sputare la schiuma.

"Ti capisco", disse. "Mi sto chiedendo la stessa cosa. Questa cosa è andata avanti troppo a lungo per non essere considerata seria. C'è qualcosa di terribilmente sbagliato".

"Sì". si guardò gli occhi allo specchio. Il suo viso era tirato. Sembrava stanca. "Solo che non sappiamo cosa sia".

Entrambi strisciarono nel letto in silenzio. Rufus si unì a loro, sdraiandosi ai piedi del letto, il suo corpo quasi a coprire la larghezza. Benny strisciò fino a stendersi tra Joe e Rachel. Precious era segregata nell'altra camera da letto in attesa del ritorno della sua padrona.

Dopo essersi agitata un po', Rachel riuscì ad addormentarsi. Niente vampate di calore o brividi di freddo. Dormì molto bene fino alle cinque, quando si svegliò di soprassalto.

"Joe!" chiamò, dandogli un pugno sulla schiena per svegliarlo. "So dov'è!" Rachel continuò a scuoterlo fino a quando non si mise a rotolare sulla schiena.

Joe strizzò gli occhi a sua moglie. "Cosa? Cosa c'è adesso?" Si era addormentato profondamente ed era intontito, non capiva l'eccitazione della moglie.

Rachel gli strinse il braccio. "Joe, so dov'è Angie".

"Dove?"

"In un fosso. L'ho vista in sogno". Rachel era nota per avere sogni profetici. Li aveva avuti fin da adolescente. Quando Eneida fu uccisa, Rachel l'aveva sognata prima che accadesse. E ora questo.

"Dov'è il fosso? Posso andarci ora".

"In quale macchina? Non so esattamente dove sia, ma posso descriverlo".

"Chiamiamo il detective France, lui saprà cosa fare", disse Joe, rotolando fuori dal letto. "Ti crederà anche lui".

"Sì, sarebbe importante", disse Rachel, rendendosi conto che non tutto il personale delle forze dell'ordine era di mentalità aperta come France.

Joe si diresse frettolosamente verso il soggiorno, prendendo in mano il ricevitore del telefono fisso. Voleva che il numero e la posizione apparissero sui loro computer quando avrebbe chiamato la centrale.

"Sì, mi passi il detective France", disse mentre Rachel entrava nella stanza. "So che è presto, ma mia figlia è scomparsa, e abbiamo bisogno che venga qui così possiamo dargli qualche informazione".

Rachel sedeva su una sedia mentre suo marito si occupava dell'operatore del dispaccio.

"Sì, lo so, ma sa chi siamo, quindi lo chiami e basta, per favore". Joe scosse la testa mentre guardava la moglie. "Giusto, sì. Grazie mille".

"Cos'è successo?"

"Ha detto che lo chiamerà, e lui ci contatterà", disse Joe, sedendosi accanto a Rachel.

"Quanto tempo?"

"Non l'ha detto".

"Hmm. Se avessimo una macchina, potremmo andare a cercare da soli".

"Sì, beh, la macchina è con Angie".

"Esatto. Noleggia una macchina e io preparo il caffè. Non possiamo tornare a dormire ora", disse lei, alzandosi. "Chiama un'agenzia".

"L'ultima volta che l'abbiamo fatto, siamo finiti sulla scena di un omicidio all'810". Joe rivolse a sua moglie un'espressione consapevole.

"Lo so. Spero che il sogno sia solo un indizio e non un preludio alla tragedia". Rachel andò in cucina a fare il caffè.

Passarono un paio d'ore prima che il telefono squillasse. Joe afferrò il telefono dopo uno squillo.

"Pronto?"

"Sono il detective France. Joe?"

"Sì, sono io".

"Hanno detto che avevi notizie di tua figlia".

"Sì, Rachel ha fatto uno dei suoi sogni. Pensava che l'avreste presa sul serio, quindi volevamo parlare con lei".

"Certo. Cosa ha sognato?"

"La lascio parlare con Rachel", disse, facendole cenno di venire a prendere il telefono.

"Detective France? Sono Rachel", disse lei. "Sapevo che avrebbe capito".

"Sì, signora. Cosa è successo nel sogno?"

"Ho visto un'auto colpire un palo della luce e volare in aria. È atterrata in cima agli alberi ed è caduta in una dolina. Era un po' esagerato, ma la macchina si è fermata in una fossa o in una dolina, qualcosa del genere".

"Capisco. Che altro? Dov'è la dolina?"

"Non sono sicura, ma penso che sia vicino all'acqua e ci sono molti alberi intorno. La macchina potrebbe essere nascosta, mi sembrava". Spiegare i sogni a qualcuno era difficile per Rachel.

"Angie è in macchina?"

"Non l'ho vista. Ho visto solo l'auto con la parte anteriore piegata verso il basso in un grande fosso o in una dolina".

"Ok, farò fare un giro di perlustrazione intorno al fiume. Visto che vivete vicino al fiume, è un probabile inizio".

"Grazie mille, detective France", disse prima di riattaccare.

SEDICI

ANGIE SI SENTIVA DEBOLE. Aveva bevuto tutta l'acqua disponibile, cercando di farla durare il più possibile. Non avendo mangiato per tanto tempo, si sentiva tremante e confusa. Tutto quello che poteva fare era sdraiarsi sul sedile e aspettare. E aspettare. Era tutto quello che aveva fatto per quelli che sembravano giorni, anche se non era passato così tanto tempo. Aveva sopportato le zanzare che attaccavano come bombardieri in picchiata ed era stata terrorizzata alcune volte da rumori di animali durante la notte. La sua peggiore paura era che un alligatore arrivasse e scivolasse attraverso il finestrino. Ma non era sicura che ce ne fossero in questa zona. Non aveva mai sentito parlare dell'attacco di un alligatore prima, ma non era un'avida lettrice di giornali. E non viveva nella zona da molti anni.

Nella quiete dell'ambiente, sentì qualcuno cantare. Era debole, ma abbastanza forte da riconoscere la melodia. Un vecchio successo; conosceva le parole abbastanza bene da cantare insieme. Angie cercò di raccogliere abbastanza forza per chiedere aiuto. I tentativi precedenti erano stati infruttuosi.

"Aiuto!" gridò con voce rauca. Aspettò qualche secondo, ma il cantante continuò a cantare. Provò altre due volte. Poi non riuscì più a sentire nulla.

Sentendosi scoraggiata, Angie cominciò a piangere. La sua unica speranza di essere salvata cantava ormai in lontananza. Dopo diversi minuti di autocommiserazione, Angie sentì qualcosa che si muoveva nella boscaglia.

"Oh, no, e adesso?" Immaginò un orso che si avvicinava. O forse un serpente che strisciava tra le foglie. Non erano in grado di arrampicarsi? Forse salire in macchina? Gridò con frustrazione.

"Signorina? Sta bene?"

Un ragazzino stava proprio sopra di lei sul bordo della dolina. Sembrava avere circa dodici anni. La scrutava dall'alto, trattenendo un ramo davanti a sé.

"Aiutatemi... Aiuto".

"Vado a cercare aiuto, signorina".

Il ragazzo scomparve con la stessa rapidità con cui era apparso. Gli occhi di Angie si spalancarono mentre il suo cuore le danzava nel petto.

Arrivano i soccorsi?

Joe aprì la porta dell'ufficio di Rachel a metà, infilando la testa dentro.

"Prendi la borsa. L'hanno trovata".

Rachel afferrò la sua borsa, spense le luci e uscì in pochi secondi. Joe teneva la porta aperta verso l'esterno mentre un'auto di pattuglia si avvicinava al marciapiede. Un agente uscì e aprì loro la porta posteriore.

"Entrate. Posso portarvi all'ospedale più velocemente".

Rachel scivolò sul sedile e Joe si sedette accanto a lei.

"Cos'è successo?" Chiese Rachel.

"È all'ospedale di Halifax", disse Joe. "Hanno trovato la macchina vicino al fiume in una dolina, come hai visto nel sogno. Sta bene".

"Allora, come è finita lì?" Rachel esigeva delle risposte dopo non averne avute per così tanto tempo.

"Signora", disse l'agente dal sedile anteriore, "sua figlia starà bene. In qualche modo è rimasta bloccata in una dolina. Un ragazzo l'ha trovata e ci ha segnalato quando la stavamo cercando in quella zona. È stata una fortuna. Era abbastanza fuori strada e giù nella dolina, quindi avremmo potuto non vederla solo guidando a causa degli alberi".

"Grazie, Dio", disse Rachel, mettendo le mani in posizione di preghiera. "Quanto è grave?"

"Non ero lì, quindi non lo so. Non penso sia grave". Passò il traffico ad un incrocio lampeggiando le luci di emergenza e lasciando suonare brevemente la sirena.

"Ok, ok. Andrà tutto bene", disse ad alta voce per confortarsi. "Tutto va bene. È viva, grazie a Dio, è viva".

Dopo un breve tragitto, l'ufficiale accostò l'auto di pattuglia all'ingresso del pronto soccorso. Joe e Rachel sfrecciarono attraverso l'ingresso fino al banco d'accettazione. "Angie Barnes", disse Rachel alla donna dietro il bancone con i capelli raccolti in uno chignon. "È stata portata qui; siamo i suoi genitori".

"Per favore, si sieda. Vado a vedere come sta".

La donna parlò con qualcuno al telefono e poi fece cenno a Joe e Rachel di tornare al bancone.

"È assegnata alla stanza 312 e la porteranno lì tra poco. Potete salire e aspettarla se volete", disse la donna.

"Sì, grazie", disse Rachel.

Si allontanarono dal bancone e camminarono dal pronto soccorso verso la parte principale dell'ospedale. Trovarono un ascensore e salirono in silenzio fino al terzo piano. Quando le porte dell'ascensore si aprirono, trovarono rapidamente la stanza e si sedettero, aspettando la figlia, senza parlare.

Non passò molto tempo prima che Angie fosse portata nella stanza su una barella. Il suo viso era pallido e segnato da quelle che sembravano molte punture di insetti, così come le sue braccia. Per il resto, non si vedeva alcuna ferita.

"Angie!" gridarono entrambi e saltarono in piedi alla vista della loro figlia.

"Mamma, papà", disse assonnata.

Gli assistenti la sistemarono nel letto, regolando l'inclinazione del letto e armeggiando con il cuscino. L'apparecchio metallico che conteneva i fluidi che erano attaccati al suo polso con dei tubi fu spostato vicino al letto. Quando il personale se ne andò, cominciarono a parlare.

"Come stai? Cosa hai?" Ora in piedi accanto al letto, Rachel fece le domande con la voce più preoccupata che avesse mai usato come madre.

"Sono disidratata e non mangio da giorni, quindi stanno cercando di reidratarmi e nutrirmi", disse lentamente, stringendo la parte superiore del lenzuolo con entrambe le mani. "Ho anche una tonnellata di punture di zanzara, e le mie gambe sono molto contuse. Ho anche alcune lacerazioni, ma a parte questo, sto bene".

"Sono senza parole", disse Rachel. "Ho pensato che potessi essere morta o che qualcuno ti avesse rapito".

Joe la guardò seriamente dall'altra parte del letto. "Sì, pensieri terribili hanno attraversato anche la mia mente. Ma sei viva e stai bene. Sono così sollevato. Siamo così sollevati".

Rachel fece un lungo sospiro di sollievo e chiuse gli occhi. "Grazie a Dio stai bene".

"Abbiamo pregato per te. Anche la nostra chiesa ha pregato", disse Joe. "Le nostre preghiere sono state esaudite". Gli si formarono delle lacrime negli occhi e abbassò lo sguardo.

"Oh, papà". Angie sorrise a suo padre e poi a sua madre.

"Puoi rilassarti ora. Probabilmente domani tornerò a casa. Ma ho delle brutte notizie".

"Cosa?" Chiese Joe.

"La tua auto è distrutta. Devi prendere una macchina nuova".

"Potrebbe essere una buona notizia", disse Rachel con un sorriso.

"Sì, immagino che c'era da aspettarselo", disse Joe, strofinandosi la parte superiore della testa. "Parlaci dell'incidente".

Avvicinarono le due sedie disponibili nella stanza al letto mentre Angie iniziava a parlare.

"Beh, sai che sono uscita a mangiare con Josh. Quando siamo tornati a casa, siamo saliti a casa sua. Voleva che incontrassi suo padre", disse lei, decidendo di tralasciare l'approccio di Josh. "Più tardi, ho preso l'ascensore per andare a casa e ho deciso invece di fare un giro. Per pensare e basta. Non mi è mai passato per la mente che ti sarebbe importato se avessi usato la macchina. Meglio che andare in giro a piedi a tarda notte, no? Beh, almeno così credevo".

Lei roteò gli occhi e prese un respiro prima di continuare. "Ho guidato per un po' vicino al fiume, finché un camionista è arrivato volando su una curva. L'asfalto era umido, lui ha sbandato e il rimorchio ha sbandato verso di me. Ho frenato, ho agganciato il rimorchio, sono rimbalzata contro un palo della luce e sono finita in una buca. Poteva succedere solo a me. Probabilmente l'unica dolina vicino al fiume, l'ho trovata io".

"Cos'è successo con il camionista? Non ti ha aiutato?" Chiese Rachel.

"Non so cosa gli sia successo. Probabilmente non sapeva che ero finita in una dolina", disse Angie. "Non l'ho più visto".

"E non potevi uscire?" Chiese Joe.

"No, il cruscotto era schiacciato intorno alle mie gambe; non potevo muovermi. Ecco da dove vengono tutti i lividi".

"Cosa hai fatto mentre aspettavi?" Chiese Rachel.

"Assolutamente niente. Mi annoiavo a morte. E morivo di fame. Non c'era niente da mangiare. Per fortuna ho trovato una bottiglia d'acqua che era davanti al sedile del passeggero. Altrimenti non so come avrei fatto a sopravvivere senza acqua". Angie spostò la testa per essere più comoda.

"E un ragazzo ti ha trovato?" Chiese Joe. "Questo è quello che mi è stato detto".

"Sì, l'ho sentito cantare e ho chiamato aiuto. Lui si è avvicinato e mi ha visto, poi è andato a chiamare la polizia. Sia benedetto il cuore di quel piccolo uomo. Oh, e poi la cosa è diventata pazzesca quando è arrivata la polizia. Hanno dovuto tirare fuori la macchina per arrivare a me. Avevano paura che le pareti della dolina crollassero e tirassero dentro la macchina o altre persone". I suoi occhi cominciarono a brillare, indicando che si sentiva emozionata. "Ma mi hanno dato dell'acqua intanto. Poi hanno dovuto usare l'estrattore per liberarmi dalla macchina. È stato incredibile".

"Che storia... ti ha protetto qualche angelo", disse Rachel.

"Certo che sì". Angie sorrise ampiamente, facendo gonfiare d'amore il cuore dei suoi genitori.

Il giorno dopo Joe e Rachel andarono a comprare una nuova auto. Lui voleva un SUV, ma Rachel non pensava di poter vedere oltre il volante.

"Qualcosa di più piccolo. Facile da parcheggiare", suggerì lei.

Andarono in diverse concessionarie, finendo alla Kia.

"Ho sempre pensato che la Soul fosse così carina", disse Rachel, indicando una fila di Soul in una varietà di colori parcheggiate lì vicino.

Il venditore li accompagnò alla fila di auto. Immediatamente, Rachel si innamorò di una bianca. "Quella, Joe. Mi piace quella".

La coppia fece un giro di prova per assicurarsi che Rachel

fosse a suo agio nel veicolo e Joe pensava che fosse pratico. L'auto era ottima per il chilometraggio e aveva un buon rapporto di consumo. Rachel guardò Joe con grandi occhi. Lui conosceva quello lo sguardo. Lo sguardo diceva: comprala. E così fecero.

DICIASSETTE

QUANDO ANGIE ENTRÒ nella tavola calda, la accolse uno scroscio di applausi.

"Evviva, Angie!", dissero tutti.

Si sentiva un po' imbarazzata per l'attenzione e non sentiva di meritare alcun elogio per essere sopravvissuta a un incidente. Lasciò scemare l'attenzione ed entrò in cucina.

"Angie! Eravamo preoccupati per te", disse Brian. "Tua madre ci ha detto che non sapevano dove fossi".

"Sì, giocavo a nascondino nei cespugli con le zanzare", scherzò. "Ma sono tornata".

"Il tuo ammiratore ha chiesto di te", disse Sara. "L'ho servito io".

"Oh, questa non è una buona notizia", disse Angie, avvolgendo il grembiule intorno alla vita sopra la sua uniforme rosa. "Perché non se ne va semplicemente?"

"Gliel'ho detto", disse Brian.

"A quanto pare non ha ascoltato".

Angie entrò nella sala per iniziare a preparare i tavoli per il turno successivo. Non passò molto tempo prima che James entrasse. Non appena la vide, il suo viso si illuminò. Un ampio sorriso gli attraversò il viso mentre si dirigeva verso un tavolo privato nella sezione di Angie.

"Ciao, James", disse Angie, tirando fuori il suo tablet e la sua penna. "Cosa vuoi oggi?"

La mano di lui scattò, afferrandole il polso. "Sono così felice di vederti sana e salva".

"Ah, un piccolo incidente non può scalfirmi", disse, cercando di fare una conversazione leggera. "Il tuo ordine?"

"Non sei occupata, perché questa fretta?"

"Ho altre cose da fare oltre a servire i clienti. Il tuo ordine?"

A malincuore, James fece il suo ordine.

"Ci risiamo", disse mentre agganciava la carta sul supporto di metallo. "Ugh".

Angie portò una lattina di soda al tavolo per James, facendo cadere accidentalmente una cannuccia sul pavimento. James le prese la mano prima che lei potesse recuperare la cannuccia. "Non preoccuparti. Lascia stare".

"James", cominciò lei, "so che Brian ti ha detto di lasciarmi in pace. Questo non è lasciarmi in pace".

"Non voglio lasciarti sola. Sono innamorato di te", disse lui, guardandola negli occhi. "E anche tu potresti amarmi, se solo mi dessi una possibilità".

"Non credo. Sei molto più vecchio di me, quindi non mi interessa".

"Ma potresti innamorarti. Devi dare una possibilità al nostro amore", disse lui, tenendole ancora la mano.

"James, non voglio. Capito? Non voglio dare a quello che tu chiami amore nessuna possibilità o attenzione, nada, zero, no". Angie ritirò la mano e si allontanò. Si nascose in cucina fino all'arrivo dell'ordine.

"Sara, porta questo a James. Io ho chiuso". Angie passò il piatto all'altra donna. "Puoi avere la mancia".

Sara si allontanò con un sorriso sul volto e il piatto in mano fino a dove era seduto James. Lui sembrava deluso di vedere

Sara invece di Angie. I suoi occhi saltarono oltre Sara fino a dove Angie stava scuotendo la testa verso James. Pronunciò la parola "no" per far capire il suo punto di vista. James mangiò velocemente e se ne andò.

Il resto del suo tempo alla tavola calda non fu altrettanto movimentato. Questo fino a quando un fattorino magro entrò con un mazzo di fiori. Per Angie, naturalmente. Nessuno doveva essere uno scienziato nucleare per sapere di chi fosse il nome sul biglietto allegato.

"Sono così felice che tu abbia accettato di incontrarmi", disse Josh sedendosi di fronte al tavolo di Angie. "Ti devo delle scuse per il mio comportamento. E volevo vedere come stavi dopo il tuo incidente".

"Sto bene. Ho ancora dei lividi sulle gambe, ma guariranno", disse. Quando lui le aveva mandato un messaggio, lei aveva esitato a rispondere, ma aveva deciso di dargli un'altra possibilità. Che male poteva fare? Non aveva una fila di ragazzi che le chiedevano di uscire.

"Hai ancora dei morsi sul mento".

"Vero. Ma anche loro guariranno".

"Hai un atteggiamento così positivo. Non so se sarei così positivo se fossi nei tuoi panni", disse, bevendo un sorso dalla tazza di caffè.

"Come posso essere negativa? Sono sopravvissuta. Sono sopravvissuta a quello che avrebbe potuto essere un incidente paralizzante", disse, alzando le spalle e sorridendo. "Dio è buono".

"Credi in Dio?" chiese con un leggero cipiglio.

"Sì, strano. Non è vero?"

"Non sono sicuro quanto te".

"Hmm, beh, Lui esiste", disse lei. "Lo so".

"Vorrei farmi perdonare per essere stato così insistente con te. Cosa posso fare?" chiese, cambiando argomento. "Di solito non sono così".

Angie dubitava che fosse vero. "Non lo so... Riportami in quel ristorante e possiamo ricominciare? Come se non fosse successo niente".

"Mi piace l'idea".

"Anche a me".

"Allora, sei tornata al lavoro?" Chiese, cambiando argomento.

"Sì. Non è cambiato nulla lì", disse, sorseggiando il suo latte.

"E quel tipo che ti sta dando fastidio?"

"Anche lì non è cambiato nulla. Lui è implacabile, nonostante Brian gli abbia parlato", disse lei, scuotendo la testa. "E come se non bastasse, ha fatto recapitare dei fiori alla tavola calda per il mio ritorno. Che imbarazzo".

La mascella di Josh si serrò. "Non capisco perché questo vecchio non riesca a cogliere il messaggio. E i fiori? Bisogna fare qualcosa".

"Lo so, solo che lui non accetta un no come risposta. Non so cosa fare", disse lei, scostando dal viso i capelli che le coprivano la tazza di caffè.

"Voglio fare qualcosa".

"Tesoro, ero così spaventata per te", disse LuAnn, tamburellando le sue lunghe unghie sul lato della sua tazza. "Non posso nemmeno immaginare cosa stavi passando".

"Deve essere stato terribile", disse Olivia, con gli occhi spalancati e senza fiato. "Mi sarei paralizzata dalla paura di sicuro, se qualcuno dei miei bambini fosse scomparso".

"Era terribile. Mi vedevo perdere mia figlia, la mia unica figlia, e forse non avrei mai trovato il suo corpo per sapere cosa fosse successo", disse Rachel, sbattendo le ciglia per trattenere le lacrime.

"Cara", disse Olivia, mettendo una mano confortante sul polso di Rachel.

"Grazie al cielo è finita. Ora possiamo tornare ai nostri normali drammi", disse LuAnn, sollevando la tazza alle labbra rosee.

"Allora, qual è il tuo dramma attuale?" Chiese Rachel. "Mi sembra di non essere stata in contatto per un po'. Il tuo lavoro non sta andando bene?"

"Oddio, sì, è fantastico, nessun problema".

"Allora, qual è il problema?" Chiese Olivia, accarezzando i lati della sua parrucca. Ne aveva una nuova, molto pouf e più dritta di quella che portava di solito.

"Derks. Cos'altro?" LuAnn bevve un sorso del suo drink.

"Cosa c'è che non va in lui? Pensavo fosse l'uomo perfetto in ogni senso", chiese Rachel.

"Lo è davvero, tesoro, è solo che non vuole impegnarsi", disse LuAnn, posando la tazza sul tavolo. "Non vuole vedere altre donne, solo me. Non vuole un futuro senza di me. Non vuole esibirsi con nessun'altra all'infuori di me".

"Ho sentito bene?", Disse Rachel. "In nessuna parte di quelle frasi ho sentito qualcosa di negativo".

"Oh, no, niente di tutto ciò è negativo. È solo che non vuole parlare di matrimonio. Questa è la parte negativa". LuAnn prese entrambe le mani per sollevare la parte superiore della sua camicia blu che era scesa sul suo petto abbondante, in modo da poter nascondere parte della sua ampia scollatura che stava facendo capolino.

"Ci sono vantaggi nell'essere single", disse Olivia. "Sono single da molto tempo, da quando è morto mio marito. Più passa il tempo, più mi godo la mia indipendenza".

LuAnn rivolse il suo sguardo su Olivia. "Sei tu, non io. Io voglio un marito".

"Beh, se vuoi la mia opinione, preferisco il matrimonio", disse Rachel. "Non riesco a immaginare la vita senza Joe. È stato la mia roccia in molti momenti difficili. Mi ha aiutato quando ho scoperto di avere il diabete, per citarne una. E recentemente, quando pensavamo che avessimo perso la nostra bambina".

"Tesoro, Joe è uno che ci tiene, non c'è dubbio. Pensavo che anche Derks lo fosse", disse LuAnn, mostrando le sue labbra piene in un broncio.

"LuAnn, vi frequentate solo da quanto, qualche mese?" Disse Olivia. "Calmati. Dagli più tempo. Probabilmente cambierà idea dopo che sarete stati insieme un anno".

LuAnn sembrava sconvolta da quell'idea. *"Un anno?* Non voglio sprecare un anno della mia vita se questa storia non deve andare da nessuna parte".

"Penso che stia andando da qualche parte, LuAnn", disse Rachel. "Non è interessato ad una vita personale o professionale senza di te, secondo quanto hai appena detto. Quindi, dagli tempo. Il matrimonio è un grande passo. Dagli un po' di tregua, ok?"

LuAnn guardò l'amica, soppesando attentamente ciò che aveva detto. "Ok, cercherò di essere paziente".

"Brava ragazza", disse Rachel.

"Brindiamo", disse Olivia, alzando il bicchiere.

DICIOTTO

IL PADRE di Angie si stava rilassando sul balcone, godendosi una serata tranquilla. Avevano finito di cenare. Sua madre stava leggendo in camera da letto e lei stava guardando la TV in soggiorno. I suoi genitori avevano appena chiuso il loro investimento, così suo padre si sentiva ispirato a iniziare i lavori nella casa. I suoi compiti di manutenzione avrebbero dovuto fondersi con il suo nuovo lavoro di sistemare la villetta. Stasera, si godeva la lettura del giornale. La vita era tornata alla normalità dopo il suo ritrovamento nella dolina.

"Porca vacca", disse Joe ad alta voce, dando una seconda lettura alle prime frasi di un articolo, e poi continuando fino alla fine. Si alzò dalla sedia ed entrò, lanciando il giornale ad Angie. "Leggi il primo articolo. Parlano della tua tavola calda".

Angie aprì il giornale e trovò il titolo: *"Aggredito un cliente della tavola calda"*. "Porca vacca, qualcuno è stato aggredito nel mio locale!

Rachel uscì dalla camera da letto, vestita con una camicia da notte rosa pallido e con un libro in mano. "Cos'è successo?"

"Non ci crederai!" Disse Angie, ovviamente sconvolta. Lesse una parte dell'articolo ad alta voce. "Un uomo noto per frequentare Brian's Burgers è stato brutalmente attaccato nel parcheggio dopo il suo pasto. I dipendenti hanno detto che era conosciuto come James". "Mamma! Io lo conosco!"

"Come lo conosci?" Chiese Joe.

"È un cliente fisso. Lo servo sempre. Gli piaccio un po'. Un po' troppo, in realtà. Ricordi che ti ho parlato di lui?" Disse Angie, guardando avanti e indietro tra i suoi genitori. "Ed è stato attaccato".

"Dice che non c'erano testimoni", disse Joe.

"Sì, un altro cliente l'ha trovato steso a terra e ha chiamato la polizia". Angie chiuse il giornale. "Non sanno se si riprenderà".

Si sentiva male per James. Aveva anche dei sospetti sull'aggressore. Josh aveva parlato di "qualcosa che doveva essere fatto" riguardo a James. Poteva aver messo in pratica la sua insinuazione che sapeva come prendersi cura delle cose? Era quel tipo di uomo?

Angie andò nella sua camera da letto, scusandosi con i suoi genitori. Cliccò sul suo portatile e cercò su Google il nome di Josh. Non venne fuori nulla su di lui, a livello locale. Ci volle un po' di tempo per scansionare i registri della contea in alcuni stati in cui lui aveva menzionato di avere degli affari. Ci rinunciò, la ricerca era senza successo. Il Nevada era il posto più probabile in cui cercare. Alla fine, trovò un suo arresto in quello stato. La foto segnaletica che accompagnava il rapporto rendeva chiaro che era la persona giusta. Il rapporto dichiarava che l'arresto era avvenuto diciotto mesi fa, per aggressione aggravata. Un uomo era stato gravemente picchiato in un parcheggio di una casa da gioco. Era uno scenario familiare. Aggredire un uomo in un parcheggio? Cercando più informazioni, Angie trovò dei documenti che indicavano che Josh aveva battuto l'accusa grazie ad un cavillo durante l'arresto. Nella sua mente questo significava che lui aveva commesso il fatto, ma l'aveva fatta franca a causa di un lavoro di polizia approssimativo.

Angie alzò lo sguardo dal portatile. *Chi è Josh Brigham?*

Rachel era nel suo ufficio a smistare le domande di residenza. Ruby entrò sorridendo. Indossava un vestito verde che le donava molto. Il colore accentuava i suoi capelli rosso fuoco e il rossetto rosso brillante. Rachel non era sicura di aver mai visto Ruby con un vestito.

"C'è qualcuno che voglio farti conoscere", disse Ruby, allungando la mano verso la porta per far entrare un uomo alto con i capelli bianchi e vestito con un completo. "Rachel, questo è Bob Mason. Il mio ex marito".

Rachel si alzò immediatamente per salutare l'uomo, allungando la mano verso di lui.

"Sono felice di conoscerti, Bob".

"È un piacere conoscerla, signora", disse con calore. "Le donne della Florida sono così belle".

Rachel ridacchiò. "Oh, sei proprio un ammaliatore, eh?"

"Se è così, giusto perché l'hai detto tu", disse Bob sfoggiando denti bianchissimi.

"Mi dispiace, ho solo una sedia", disse indicandola, "ma per favore rimani a chiacchierare".

Ruby prese la sedia e Bob si mise accanto a lei.

"Ti fermi a lungo in città?"

Bob guardò Ruby. "Questo dipende da lei".

"Può restare quanto vuole", disse Ruby. "Abbiamo un sacco di cose da recuperare".

"Mi sa proprio di sì", disse Rachel, sedendosi di nuovo sulla sua sedia. "Ma come sei arrivato qui?"

Bob ruotò la testa come se si stesse sciogliendo il collo. "Ho iniziato a sentire la mancanza di Ruby, così ho assunto un detective privato per trovarla. La prima volta che sono venuto qui, non sono riuscito a entrare".

"Sì, lo so. Ho ricevuto una segnalazione di un uomo vestito in modo strano, per la Florida, che cercava di entrare".

"Ha! Sono stato io. Ho provato di nuovo, ma senza fortuna. Ho continuato a provare, ma non ho mai trovato il momento giusto per seguire qualcuno", disse con un piccolo sospiro. "Alla fine mi sono arreso e ho contattato Ruby".

"Perché non l'hai fatto subito?" Chiese Rachel.

"Volevo semplicemente presentarmi alla sua porta, doveva essere una sorpresa. Tada, eccomi qui!" Dandole una pacca sulla spalla su cui aveva appoggiato la mano.

"È stata una sorpresa, certo", disse Ruby, sorridendo all'uomo e toccandogli la mano sulla spalla. "Non ci vediamo da quando avevamo cinquant'anni".

"Così tanto? Beh, immagino che entrambi siate cambiati considerevolmente da allora", disse Rachel, sorridendo alla coppia.

"Oh, Ruby è ancora la mia stella splendente", disse Bob. "Non è cambiata quasi per niente".

Rachel e Ruby sapevano entrambe che non era vero, ma la vecchia donna si rallegrò ancora per il complimento.

"Per quanto tempo siete stati sposati?"

"Circa cinque anni, giusto?" Disse Ruby, guardando Bob.

"Sì, cinque anni. Cinque anni turbolenti".

Ruby si mise a ridere. "Turbolenti" è la parola giusta. Non ero pronta a sistemarmi. All'epoca era un giocatore d'azzardo. Ci siamo solo trovati nel momento sbagliato".

"Non eri pronta a sistemarti a cinquant'anni?" Chiese Rachel.

"No, non io", disse lei, agitando la mano in risposta. "Ed era il mio quarto marito".

"Quarto?"

"Oh, sì", disse lei, annuendo. "Ne ho avuti altri due dopo".

"Ruby! Sei una pazza!" Rachel non poteva credere a quello

che stava sentendo. Non aveva mai conosciuto nessuno che si fosse sposato sei volte.

"Ma questo ragazzo era il migliore", disse Ruby, raggiungendo il braccio di lui nella sua mano. "Mi ha viziata da morire".

"Te lo meritavi", disse lui, accarezzandole la mano.

"Beh, vedo che voi due siete da tenere d'occhio".

Rachel era molto contenta.

DICIANNOVE

JOSH TIRÒ FUORI la sedia per Angie e la portò al tavolo. Erano seduti allo stesso tavolo nello stesso ristorante dell'ultima volta. Di nuovo, avevano ricevuto un trattamento preferenziale al loro arrivo. Il cameriere portò due menu e se ne andò dopo aver preso le loro ordinazioni.

"Di cosa hai voglia?" Chiese Josh mentre scrutava il menu.

"Ostriche? Mi sembrano buone".

"Ugh, mollicce e viscide". Josh si acciglio.

"Non quando sono fritte".

"Ancora non mi piacciono".

"Hmm, peggio per te. Sono deliziose". Ad Angie non importava delle sue preferenze. Amava le ostriche.

Il cameriere portò ad Angie un bicchiere di tè freddo e a Josh un Martini.

"La signora prenderà le ostriche fritte", disse Josh. "Insalata?" le chiese.

"Sì, per favore, l'insalata con le patatine".

"Prenderò la cernia, le patate al forno e l'insalata".

"Molto bene", disse il cameriere e se ne andò di nuovo.

"Proviamo un altro brindisi", disse Josh, alzando il bicchiere. "A una serata meravigliosa con una donna bellissima".

Angie alzò il suo bicchiere e tintinnò contro il suo. "Grazie". Indossava un vestito blu che metteva in risalto il colore dei suoi occhi. Orecchini di perle le foravano le orecchie, sbucando da sotto i capelli fluenti, e un filo di perle le abbelliva il collo. Sua madre le aveva regalato il set per Natale un anno, perché pensava che ogni donna dovesse avere delle perle.

Girò la testa per guardare il mare che si avvicinava alla riva. Era mozzafiato e potente. La maestosità di madre natura, la potenza e la bellezza. Si voltò e studiò il viso di Josh. Sembrava meno rilassato stasera.

"Per quanto tempo ti fermi in città?", chiese lei.

"Non ne sono sicuro. Finora papà non ha bisogno che io vada da nessuna parte. Tutto è tranquillo". Dopo aver parlato, aggiunse rapidamente un sorriso, come se fosse un ripensamento.

"Sei mai stato a Diablo, Nevada?" Quella era la città dove Angie ora sapeva che aveva aggredito quell'uomo.

Josh sembrò sorpreso di sentire il nome, ma si riprese rapidamente. "Diablo? Non che io ricordi. Perché?"

"Ho un'amica lì e mi ha invitato a farle visita", disse, pronta con una frottola. "Mi chiedevo come fosse".

"Non saprei, ma sono stato in Nevada numerose volte. È caldo e secco. Preferisco il tempo qui". Mescolando l'oliva infilzata nel suo bicchiere. "Non andare in estate. Fa brutalmente caldo".

"Umm, immagino".

"Hai cercato un altro lavoro?" disse lui, allontanandola dal Nevada.

"Un giorno ho avuto la possibilità di fare un colloquio per due, ma poi ho avuto quell'incidente, quindi non ho dato seguito", disse, facendosi scivolare i capelli dietro l'orecchio. "Devo prendere sul serio la ricerca di un nuovo lavoro".

"Sì, o resterai in quella tavola calda per sempre".

Il cameriere portò il loro cibo al tavolo. Le ostriche sembravano ben cotte, ma gli occhi della cernia di Josh che fissavano dal piatto ripugnavano Angie. Non aveva mai potuto mangiare nulla che la guardasse dal piatto.

"Scusami", disse lei, appoggiando un menu di dolci sulla lanterna al centro del tavolo, bloccando la vista del piatto di Josh. "Non posso guardare gli occhi di quel pesce. È disgustoso".

"Stai scherzando?"

"No, non sto scherzando per niente".

Josh le diede un'occhiata disgustata e scosse la testa. "Come vuoi. A volte mangio anche i bulbi oculari".

"Ora stai scherzando. Spero".

"Sì, sto scherzando". Josh ridacchiò alla sua espressione sconvolta.

Angie guardò le sue ostriche, chiedendosi se potesse mangiarle dopo quel commento. Facendo un respiro profondo, ne tagliò una a metà e la intinse nella salsa tartara, poi la mise in bocca. Era perfettamente cotta, così si rilassò nel mangiare la sua cena, evitando accuratamente di guardare Josh mentre si riempiva la bocca di pesce.

"Vuoi il dolce?" chiese dopo aver finito il suo pasto.

"No, cerco di evitare i dolci".

"Anch'io. Caffè?"

"Certo, ottima idea".

Il cameriere prese i loro piatti e tornò con il caffè e uno shot di brandy per Josh. Angie aggiunse un po' di panna alla sua tazza e sorseggiò contenta il suo caffè.

"Josh... ti ricordi che ti ho parlato di quell'uomo che mi dava fastidio al lavoro?" Angie puntò attentamente gli occhi sul viso di Josh.

"Sì", disse lui, guardandola direttamente.

"Ho visto sul giornale che è stato attaccato nel parcheggio dove lavoro".

"Davvero?"

"Sì, è stato picchiato. Brutalmente, diceva l'articolo". I suoi occhi non lasciarono il suo viso.

"È un peccato". Il suo tono non suggeriva compassione. Versò il suo brandy nel caffè.

"Sì, lo è davvero".

"Ehi, ma in un certo senso se lo meritava, no?" Josh le fece un mezzo sorriso. "Guarda come ti ha trattato".

Angie inclinò la testa all'indietro, in modo da guardare Josh dall'alto in basso. "Non è mai stato scortese, solo insistente. Pensi davvero che una persona insistente meriti di essere picchiata brutalmente?"

Josh rimase in silenzio, apparentemente rendendosi conto di aver fatto una mossa sbagliata. "Beh, forse no, ma meritava una punizione, no?"

"Punizione? Un pestaggio brutale? La trovo una punizione eccessiva, se me lo chiedi". Angie si stava davvero interrogando sul suo appuntamento. Nessuna empatia, nessuna compassione. Che tipo di uomo era?

"Forse non è così male come dice il giornale". Josh scrollò le spalle, sorseggiando il suo caffè.

"Oh, penso che abbiano riportato accuratamente quello che è successo".

"Beh, guarirà". Ancora nessuna compassione.

"Lo spero proprio".

"Ora non devi più vederlo". Aveva un sorriso soddisfatto sulle labbra prima di sorseggiare il suo caffè.

Angie sospirò e si sedette di nuovo sulla sua sedia. "Era questo il piano, Josh?"

"Quale piano?"

"Il tuo piano. Per occuparti della situazione". I suoi occhi le davano fastidio.

La faccia di Josh si bloccò.

"Sei stato tu, vero? Hai picchiato brutalmente un uomo

abbastanza vecchio da essere tuo padre. Perché hai fatto una cosa del genere?" Forse aveva detto troppo. In qualche modo, non le importava. Era come si sentiva. Era la verità.

"Ti sto dicendo che non sono stato io". Josh la guardò dritto negli occhi. Era un buon bugiardo.

"Non ti credo".

"Cosa? Perché dovrei picchiare un vecchio? Non lo conosco nemmeno". I lati del suo viso si strinsero notevolmente, e i suoi occhi marroni si socchiusero per la rabbia. Si chinò verso di lei sopra il tavolo. "Non sono stato io". Batté il tavolo con il piatto della mano per enfatizzare.

Angie si innervosì per la sua reazione. Chiaramente, lui era arrabbiato con lei, ma questo non cambiava i suoi sentimenti riguardo la situazione. Infatti, rafforzava la sua convinzione che lui stesse mentendo. Abbassò lo sguardo sul suo grembo, astenendosi dal dire qualcosa finché lui non si fosse calmato.

Josh si appoggiò allo schienale della sedia e alzò il braccio per fare un segnale al cameriere. Il giovane si avvicinò rapidamente. "Un altro bicchierino di brandy".

"Sì, signore".

Angie rimase in silenzio, aspettando di vedere cosa avrebbe fatto dopo.

Quando il cameriere tornò con lo shot di brandy, Josh se lo ficcò in gola, poi guardò Angie mentre sorseggiava il suo caffè. Lei sentì come se lui le stesse mandando il messaggio che non doveva scherzare con lui.

"Vuoi qualcosa?" chiese infine.

"No".

Josh annuì soddisfatto alla sua risposta.

Mentre finiva il suo caffè, Angie guardava il mare inquieto. Un fulmine attraversava il cielo in lontananza. Il mare le ricordava la loro relazione irregolare. Ammesso che relazione fosse la parola adatta.

VENTI

RACHEL E JOE stavano prendendo il loro caffè mattutino. Era domenica, quindi potevano stare un po' più tranquilli che nei giorni lavorativi. Joe aveva il giornale aperto davanti a sé sul tavolo della sala da pranzo. Rufus si avvicinò e mise la testa sul ginocchio di Joe.

"Bravo, Rufus", disse, accarezzando la testa del cane.

Si aprì la porta che portava al corridoio dove si trovava la camera da letto di Angie.

"Buongiorno", disse entrando, facendo attenzione a chiudere la porta.

"Ciao, tesoro", disse Rachel. "C'è del caffè se lo vuoi".

"Ok". Angie si versò una tazza dal bricco al centro del tavolo, aggiungendo della stevia, un pizzico di panna aromatizzata alla vaniglia, e si sedette su una sedia.

"Com'è andato l'appuntamento?" Chiese Joe.

Angie esitò. "Bene".

"Solo bene?" Chiese Rachel.

"Forse nemmeno quello", disse Angie, biascicando.

Joe guardò sua figlia, con sguardo interrogativo.

Non era sicura di voler dare dettagli sul loro

130

appuntamento. Non era finito bene. Josh l'aveva accompagnata a casa dopo aver finito il suo caffè corretto. Dopo un tragitto silenzioso, la aveva fatta scendere dall'auto sul marciapiede vicino all'entrata degli ascensori. Mentre lui parcheggiava l'auto, lei si era diretta verso il quarto piano prima che lui tornasse. Era riluttante a rivelare ciò che sapeva di Josh. E quello che sospettava. Almeno non in questo momento.

"Ho incolpato Josh della tua scomparsa, in realtà l'ho affrontato", disse sua madre. "Non mi fido di lui".

"Cosa ne pensi, papà?"

"Non lo so. Tua madre è quella con l'intuito", disse, piegando a metà la sezione del giornale che stava leggendo.

"Neanche io mi fido di lui. Mente su qualcosa". Ammise Angie, rimettendosi a sedere sulla sedia con un sospiro.

"Come mai lo pensi?" Chiese Joe.

"Diciamo che è una persona con pochi scrupoli".

Rachel e Joe si scambiarono uno sguardo.

Cambiando argomento, Joe disse: "Verrai in chiesa con noi?"

"Certo, mi piacerebbe. Non mi farebbe male neanche un po'".

Entrambi i genitori sorrisero. Poi sentirono quello che sembrava qualcuno che cantava fuori dalla loro porta.

"Cos'è?" Chiese Joe, alzandosi.

"Probabilmente è Gladys che canta", disse Rachel, come se fosse normale. "Immagino che ora abbia preso in simpatia la nostra porta".

Angie guardò sua madre con un'espressione confusa. "Tu ne sai qualcosa?"

"Non è niente. Vai a prepararti per la chiesa", disse Rachel. "Io parlerò con Gladys".

Quando Gladys si esibì in alcuni fantasiosi rulli di tamburo, Angie si alzò di scatto. Si stava chiaramente divertendo, osservò

Rachel. Le sarebbe piaciuto che sua figlia frequentasse spesso la chiesa. Questo era un buon inizio.

Sulla strada di casa, Angie aveva chiacchierato della funzione. Le era piaciuto il sermone e la musica era stata fantastica, usando questa particolare parola per descrivere la sua esperienza. Rachel sentiva che sua figlia stava voltando pagina. Non solo stava lavorando e cercando un lavoro migliore, ma le piaceva anche la chiesa. Non sapeva cosa fosse successo tra lei e Josh. Ma non voleva saperlo. Era soddisfatta che si stessero allontanando l'uno dall'altra. Non riusciva a dire quale fosse la sua obiezione su Josh; sapeva solo che lui era una cattiva frequentazione per sua figlia. Il suo intuito era pungente.

"Joe, perché non portiamo Angie a vedere la casa?"

"Sì, possiamo farlo", disse, girandosi per attraversare il ponte invece di entrare nel parcheggio del condominio. "Dovrai usare la tua immaginazione. Il piano di sopra è demolito".

Joe parcheggiò l'auto accanto alla casa e le signore scesero dalla macchina. Dopo aver girato la chiave nella serratura della porta, la aprì per farle entrare.

"Carino", disse Angie. "Posso sicuramente vederlo come un B&B".

Continuò nella sala da pranzo e nella cucina. "Questa sala da pranzo è abbastanza grande da poter ospitare fino a otto persone. Sono due per camera da letto".

"Vieni su", disse Rachel.

I tre salirono fino al secondo piano. Angie ficcò la testa nel bagno, che era pieno attrezzi e di utensili. Alcuni pannelli erano appoggiati al muro e coprivano la finestra.

"Mi piace la vasca", disse. "Da un tocco di antichità". La vasca a piede d'oca era in ottime condizioni e sarebbe stata il punto focale della stanza.

"Sto aggiungendo un bagno in questa camera da letto", disse Joe, camminando verso la stanza alla fine del corridoio.

"Questa è una stanza bella grande", disse Angie

avvicinandosi alla camera da letto. "Si può facilmente aggiungere un bagno".

Sbirciò dentro ogni stanza finché non arrivò a quella più vicina a quello che doveva essere il bagno principale. "Oh, cielo, cos'è quello?" Vide gli scaffali con le bambole che li fissavano.

"Quelle sono vecchie bambole", disse Rachel con calma. "Sono rimaste con la casa".

"Inquietante", disse Angie.

"Vedi, Joe? Anche Angie pensa che siano inquietanti". Rachel si sentì vendicata.

"Non sono inquietanti. Hanno carattere".

Rachel guardò suo marito. "Joe, quelle sono bambole inquietanti. Ammettilo".

"Non ammetto nulla".

Rachel roteò gli occhi, così come Angie.

"Vi ho viste, voi due avete roteato gli occhi", disse, indicandole.

"Non hai intenzione di tenerle, vero?" Chiese Angie.

"Perché dovrei liberarmene?" Chiese Joe.

"Non lo so, papà, perché potrebbero spaventare i clienti?" Lei gli diede uno di quegli sguardi che dicevano: è così ovvio, a cosa stai pensando?

Joe scosse la testa. "Usciamo di qui prima che le bambole ci prendano". Sorrise mentre lasciava la stanza.

"Allora, dove hai detto che stai andando con la nostra nuova macchina?" Chiese Rachel.

Angie sorrise. "In ospedale. Vado a trovare James".

"E tu pensi che sia una buona idea?"

"Sì, lo è. Era un mio cliente; si è ferito sul mio posto di lavoro. Credo di dovergli una visita". Angie fece scivolare la borsa sul braccio.

Rachel era molto preoccupata per questa visita che sua figlia riteneva importante. "E se lui prende la tua visita nel modo sbagliato?"

"Non lo farà. Glielo spiegherò".

"Ti senti in colpa?"

"Non in colpa, responsabile".

Rachel guardò sua figlia dal tavolo della sala da pranzo dove aveva ripreso a leggere il giornale della domenica. "Responsabile?"

"Penso che Josh l'abbia picchiato per mandare il messaggio di stare lontano da me". Finalmente, la verità era venuta fuori.

Rachel mise il foglio sul tavolo. "Questo non ti rende responsabile se è quello che è successo. Perché pensi che Josh l'abbia picchiato?"

"A causa di certe cose che ha detto quando siamo usciti. Tipo: 'Posso parlare con lui, fargli una visita'. Sembrava arrabbiato quando ho menzionato l'attenzione di James per me".

"Pensi davvero che sia quel tipo di persona?"

"Sì, ne sono certa". Sembrava che non ci fossero dubbi nella sua mente che Josh fosse una brutta persona.

"Non credo che dovresti vederlo di nuovo". Non voleva essere severa, ma questo tipo era una cattiva frequentazione, secondo lei.

"Nemmeno io. Ho già deciso che non uscirò più con lui".

Rachel annuì con la testa. "Bene".

VENTUNO

ANGIE VIDE il numero della stanza che l'infermiera le aveva dato affisso sulla porta, mentre cercava di ignorare l'odore antisettico dell'ambiente. Esitò un momento, poi entrò nella stanza d'ospedale. James era a letto, con un braccio ingessato e una benda intorno alla testa. I suoi occhi erano chiusi mentre riposava. Notò un notevole gonfiore e lividi intorno agli occhi, insieme a lacerazioni sul resto del viso. Era attaccato ad una marea di tubi, che scendevano da diverse sacche trasparenti sollevate su un apparato metallico.

Si avvicinò al suo letto, contemplando se sedersi o meno sulla sedia. Uno dei suoi occhi si aprì.

"Angie", disse James con voce gracchiante senza muovere le labbra. Si sedette sulla sedia.

"James, forse non dovresti parlare". L'uomo aveva una voce orribile quanto il suo aspetto.

"Posso parlare. Ho una voce strana, ma posso ancora parlare". Ovviamente, era determinato ad avere una conversazione.

Angie notò che le sue labbra non si muovevano quando parlava. Nemmeno il resto del suo viso.

"Hai la mascella rotta, James?"

"Sì".

"Oh, cielo. E il tuo braccio, vedo".

"Sì. Ho una commozione cerebrale e danni al cervello". Disse parlando lentamente, riuscendo a far uscire le parole nonostante la sua mascella fissa.

"Mi dispiace molto che sia successo a te". Intendeva ogni parola di quella frase.

"Anche a me".

Angie fece un respiro profondo prima di iniziare. "James, mi sento come se fosse colpa mia. Questo non sarebbe dovuto succedere a te".

"Non è colpa tua. Non sei stata tu a picchiarmi".

"Questo è vero. Ma credo di sapere perché ti sia successo questo". L'uomo aveva il diritto di conoscere l'identità del suo aggressore.

Un occhio di James sbatté alcune volte prima di mettere a fuoco lei. L'altro occhio rimase gonfio e chiuso.

"Come sono sicura che ti ricorderai, stavi prestando troppa attenzione a me al lavoro", disse lei, guardando l'uomo con gentilezza. "Era inappropriato, e non pensavo di aver fatto nulla per incoraggiare la tua persistenza, il tuo regalo o le tue grandi mance. Così, a un certo punto ho accennato al mio ragazzo che mi infastidivi". Angie sospirò e scosse la testa. "Credo che ti abbia picchiato per mandare un messaggio".

"Non sapevo che avessi un ragazzo". Il suo occhio sbatté rapidamente le palpebre mentre la fissava.

"Forse se te l'avessi detto, questo non sarebbe successo", disse lei, guardandolo tristemente. "Ma non erano affari tuoi".

James grugnì il suo accordo. "Ma niente di tutto questo è colpa tua. Non hai nessuna colpa".

"Mi dispiace ancora che sia successo a te".

"Non è colpa tua. La colpa è di chi mi ha fatto questo". Il suo corpo si scosse in un brivido involontario, poi la sua testa si girò da un lato e di nuovo indietro.

"Vero".

"Chi è il mio aggressore?" Chiese James. "Ho visto solo un uomo vestito di nero e muscoloso. Non ho visto chiaramente il suo volto".

"È sicuramente Josh. Si veste sempre di nero. Si chiama Josh Brigham. Vive nel condominio Breezeway. Unità 810".

"Lo scriveresti?"

"Certo". Angie prese un taccuino posto sul vassoio a rotelle dove si trovava il suo contenitore d'acqua. Scrisse le informazioni sul blocco con una penna della sua borsa. "Lascerò questo attaccato al blocco, così non andrà perso".

"Grazie".

"C'è qualcosa che posso fare? C'è qualcosa che posso portarti?" Qualsiasi cosa lui volesse, lei gliela avrebbe procurata.

"Niente", disse. "Beh, forse il mio telefono".

"Certo". Angie recuperò il telefono dell'uomo dal tavolino e lo mise sul letto accanto a James.

"Grazie".

"Non c'è di che, James. È il minimo che possa fare".

"Addio, dolce ragazza". Con sforzo, James sollevò una mano.

"Addio, James".

Angie lasciò la stanza d'ospedale e James armeggiò con il suo telefono, mettendoselo sul petto. Non aveva intenzione di lasciare che questo giovane la facesse franca dopo averlo aggredito, lasciandolo mezzo morto. Era un delinquente e meritava di essere messo dietro le sbarre, prima che uccidesse qualcuno. James allungò il braccio verso il taccuino con il nome del suo aggressore scritto sopra. Quando i suoi polpastrelli toccarono appena il blocco, il braccio ricadde sul letto. Provò di nuovo, alzando leggermente la testa, ma lo sforzo fu troppo grande. La testa ricadde sul cuscino. Improvvisamente, sentì un dolore acuto che gli arrivò alla tempia. Era straziante, e lo fece respirare pesantemente. La sua mano cercò alla cieca il pulsante di chiamata mentre giaceva con gli occhi chiusi dal dolore. Aveva bisogno di aiuto.

Mentre Angie stava caricando la lavastoviglie, i suoi occhi scorsero Brian. Stava raschiando con una spatola la piastra per liberarla dal cibo bruciato. Notò che non era più pesante come prima. Anche se sarebbe sempre stato un uomo grosso, era la sua costituzione, era più magro di quando lei era venuta a lavorare per lui la prima volta.

"Ehi, Brian", lo chiamò. "Stai perdendo peso o cosa?"

L'uomo guardò verso di lei e poi tornò al suo compito. "Sì, un po'".

"Buon per te".

"Grazie. Mi è arrivato di soppiatto, il peso intendo. Troppe patatine fritte", disse, dislocando una grossa macchia di cibo bruciato con la spatola. "Ho anche iniziato ad allenarmi in palestra".

"Wow, Brian, sono impressionata".

L'uomo sorrise mentre raschiava. "Non ho visto James ultimamente. Chissà se è uscito dall'ospedale?"

"Non lo so". James avrebbe dovuto riferire i suoi sospetti alla polizia. Lei gli aveva dato il nome e l'indirizzo di Josh. Ma non era a conoscenza del fatto che la polizia era venuta nel condominio per parlare con Josh. Lo avrebbe saputo perché sua madre le avrebbe sicuramente menzionato una cosa del genere. Avrebbero già dovuto portarlo dentro per interrogarlo. Si chiese perché non fosse successo.

"Mi prendo una pausa e chiamo l'ospedale, Brian".

"Ok".

Angie scivolò nella sala relax, estraendo il telefono dalla tasca. Quando l'operatore rispose alla sua chiamata, chiese in quale stanza fosse James. Era in terapia intensiva quando lei l'aveva visitato. A quest'ora, se era ancora in ospedale, avrebbe dovuto essere in una stanza normale.

"No, signorina, non mi risulta che sia qui al momento", disse la donna.

"Può dirmi se è stato rilasciato o se è in riabilitazione?"

"Temo di non poterle dare questa informazione. Mi dispiace".

"Ok, bene, grazie".

Angie tornò in cucina, in piedi vicino a Brian. "Non è lì e non vogliono darmi nessun dettaglio".

"Potrebbe essere in riabilitazione".

"Non me l'hanno voluto dire".

"Potrebbe essere morto".

Le sue parole la fecero sobbalzare. "Morto? Non ci avevo pensato".

"Controlla online. Registri di morte della contea".

"Lo farò quando torno a casa". Morto? Era possibile che James fosse morto?

Angie entrò dalla porta d'ingresso, chiamando sua madre. "Ehi, mamma, dove sei?"

"In camera da letto".

Angie entrò nella stanza dove Rachel stava preparando il letto. Guardò sua madre con le domande negli occhi.

"Cosa c'è?"

"Vuoi aiutarmi a indagare su qualcosa?"

"Certo. Come cosa?"

"James. Per vedere se è vivo".

Il viso di Rachel cambiò espressione. "Capisco. Dammi cinque minuti e ci vediamo nella tua stanza".

Angie camminò nel corridoio, evitando accuratamente che Precious scappasse. Una volta dentro la sua camera da letto, aprì il suo portatile e lo accese. Rachel entrò poco dopo, prendendo Precious tra le braccia e accarezzandole il muso.

"Ti ho detto che è dolce", disse Angie, battendo la tastiera con la punta delle dita.

"Quando vuole", disse Rachel. "Penso che dobbiamo lasciarla vagare di più in modo che si abitui al cane e a Benny. E loro a lei".

"Sono d'accordo. Cominciamo oggi".

"Ok, dopo aver finito qui". Rachel si sedette sul bordo del letto. "Da dove cominciamo?"

"Ho condiviso i miei sospetti su Josh con James, gli ho persino dato il suo nome e indirizzo".

"Ok".

È stato qualche giorno fa. Ho pensato che la polizia avrebbe già dovuto fare visita a Josh, non credi? Così ho chiamato l'ospedale per sapere se fosse ancora lì", disse Angie, scuotendo la sua coda di cavallo sulle spalle. "Non c'era, e non hanno voluto darmi alcuna informazione. Quindi, ho bisogno di scoprire se è vivo".

"Non dovrebbe essere difficile", disse Rachel. "Cerca su Google il suo nome. Il sito della contea o i giornali dovrebbero avere dei necrologi pubblicati".

Angie fece esattamente questo, digitando il nome completo di James. Essendo un nome comune, diversi James Marshall apparvero sullo schermo. Restringendo la selezione ai decessi e poi all'età approssimativa e a un limitato intervallo di date di probabilità di morte, trovò una potenziale persona.

"Ecco la possibilità più vicina se è lui. Questo è un articolo di giornale". Disse Angie, cliccando sulla selezione e leggendo ad alta voce. "Un uomo di nome James C. Marshall, cinquantadue anni, è morto in ospedale a causa di un danno cerebrale. Mamma, è il giorno in cui l'ho visto all'ospedale". La gravità della situazione era scritta sul suo volto.

Gli occhi di sua madre riflettevano la sua preoccupazione. "Quello che stai dicendo è che è morto dopo che gli hai parlato".

"Sì. Dopo che gli ho detto che Josh lo ha picchiato. In realtà, Josh ha ucciso James a questo punto".

"Forse ha avuto una reazione a quella notizia, provocandone la morte". Rachel sbatté le palpebre un paio di volte a sua figlia.

"Fantastico. Ora non solo sono responsabile del suo pestaggio, ma anche della sua morte". Angie gettò una mano in aria. "Probabilmente ha avuto un ictus o qualcosa del genere".

"Non incolpare te stessa. Dovevi dirglielo".

"È quello che pensavo, ma non volevo ucciderlo". Gli occhi di Angie erano rotondi di preoccupazione.

"Non l'hai ucciso tu, Angie. È stata semplicemente la sua reazione corporea dopo aver ricevuto un forte pestaggio. Non è colpa tua", disse Rachel.

"Davvero?" Angie guardò sua madre con sguardo ferito. "Avrei potuto tenere i miei sospetti per me. Non dovevo dirgli di Josh".

"Forse no. Ma se Josh lo ha picchiato, la polizia deve saperlo".

"Ma loro lo sanno? Continuo ad aspettarmi che si presentino per arrestare Josh, o almeno per interrogarlo", disse Angie. "Non credo che James glielo abbia detto".

"Allora devi farlo tu".

"Io? Oh, no, non lo farò. No, no". Angie gettò le mani in aria.

"Devono sapere. Josh deve pagare per questo", insistette Rachel.

"E se non fosse stato Josh?"

Un breve silenzio si interpose tra loro. "E se fosse stato lui?" Disse Rachel.

Angie guardò impotente sua madre.

"Prega, Angie".

"Lo farò". La preghiera era sicuramente nella sua agenda quella sera.

"OK, piccolo diavolo, esci e fatti un giro", disse Rachel, in piedi accanto alla porta aperta sul corridoio. "Questa è la tua grande occasione, quindi non sprecarla".

La palla di pelo bianco entrò nella sala da pranzo, agitando la sua coda mentre affrontava la sfida. Con il naso in aria per annusare i dintorni, saltò docilmente in avanti tra gli osservatori.

"Brava ragazza", disse Angie.

"Sì, stai buona", disse Rachel.

"Non scherzare con Benny", disse Joe.

Sentirono Benny soffiare dopo aver pronunciato il suo nome e lo videro tuffarsi sotto il letto per nascondersi. Rufus si avvicinò con cautela al gatto lezioso, camminando sempre più lentamente a testa bassa. I due si toccarono il naso, e poi ognuno si allontanò. Precious continuò a ispezionare i dintorni, alla fine si sedette sul bracciolo del divano in modo da poter guardare fuori sul balcone.

"Hmm, non male; finora tutto bene", disse Rachel.

"Perché non la lasciamo stare fuori finché non succede qualcosa?" Chiese Angie. "Non si adatteranno mai se lei rimane nascosta in camera da letto".

"Probabilmente è vero", disse Joe.

"Per me va bene. Lei deve adattarsi, e anche gli altri due", disse Rachel.

Precious guardò la famiglia come se sapesse che stavano parlando di lei. Fece un piccolo rumore di fusa, suggerendo che era d'accordo.

Il resto della serata andò bene. Rufus sembrava stare bene con il gatto. Ogni tanto si avvicinava per annusarla. Questo andava bene per Precious, tranne quando le sbavava addosso, allora lei si offendeva, soffiando il grosso cane. Tutto andava bene, fino a quando Benny decise di uscire da sotto il letto. Si avvicinò coraggiosamente a Precious e ringhiò la sua disapprovazione. Precious rispose con il suo basso brontolio.

"Smettila!" Disse Angie. "Comportatevi bene, tutti e due".

I due gatti smisero di parlare e guardarono Angie. Lei puntò il dito verso i gatti. Il trucco del dito puntato funzionò molto bene con Rufus, ma non ebbe la stessa risposta dai gatti. Si allontanarono l'uno dall'altro dopo qualche istante, piazzandosi ai lati opposti della stanza dove potevano guardarsi a vicenda.

"Staranno bene". Rachel aveva osservato lo scambio. "Lascia che se la cavino".

"Ok". Il telefono di Angie squillò, così lei guardò per vedere chi fosse il chiamante. Era Josh a chiamare, non rispose. Forse aveva finalmente capito l'antifona. Dopo tutto, era la terza volta che la chiamava e lei non aveva risposto. "Arrenditi, amico".

Quella sera Angie si mise in ginocchio a pregare. Non si inginocchiava da molto tempo, se non mentre praticava yoga. Non aveva dimenticato Dio. Aveva solo vagato nella filosofia e nelle credenze orientali. Era così male? Hmm, secondo i suoi primi insegnamenti, sì, lo era. Ma ora era qui a chiedere aiuto. Da Dio. Cosa doveva fare? La polizia doveva sapere chi aveva attaccato James. Era giusto così. Se James non aveva trasmesso i suoi sospetti alla polizia, lei doveva farlo. Era la cosa giusta da fare. Ma il pensiero delle reazioni rabbiose di Josh balenò nei suoi pensieri. Aveva il coraggio di informare la polizia, sapendo che lui aveva un caratteraccio, sapendo che avrebbe reagito negativamente? Forse anche violentemente.

Angie finì di chiedere l'aiuto di Dio, poi si alzò e si mise a letto. Precious si accoccolò immediatamente accanto a lei. "Precious, cosa deve fare la mamma?" Si girò su un fianco e Precious si modellò accanto a lei. Mentre si addormentava, Angie sentì di avere la risposta.

Rachel bussò alla porta di Loretta la mattina seguente. Dopo un momento, la porta si aprì. Aveva un aspetto migliore dell'ultima volta che Rachel l'aveva vista in ospedale. Indossava una vestaglia in una bella tonalità di rosa. I suoi capelli, anche se non erano fissati nella sua solita pettinatura, erano almeno ordinatamente tirati indietro in uno chignon basso.

"Rachel, entra", disse lei, allontanandosi dalla porta. "Vieni a sederti in salotto".

"Stai molto meglio", disse Rachel con un grande sorriso.

"Beh, quando uno passa del tempo in ospedale, ha la garanzia di riposare – se riesce a dormire con tutto il baccano dei corridoi".

Rachel si sedette sul divano di seta bianca e si spostò indietro per stare comoda. "Da quanto tempo sei a casa?"

"Circa dieci giorni. Ruby non te l'ha detto?" Loretta si sedette accanto a Rachel.

"No. Deve averti voluto tutta per sé".

Loretta rise, i suoi bellissimi occhi blu si increspavano ai bordi. "È stata qui ogni giorno dal mio ritorno. Non so cosa farei senza la mia Ruby".

"Sono così felice che voi due abbiate fatto pace e siate diventate amiche".

"Sorelle. Più che altro sorelle", disse. "Siamo troppo vecchie per avere problemi. Il tempo è poco. Non possiamo perdere tempo".

"No, credo di no".

"Mentre ero in riabilitazione, Ruby veniva a trovarmi quasi ogni giorno", disse, scostandosi un capello vagante dal viso. "Questo è tutto dire, visto che il suo ex marito è tornato nella sua vita".

"È meraviglioso. Come va la loro relazione? Ruby non mi ha fatto visita in ufficio per chiacchierare, ultimamente".

"Oh, non l'ho mai vista così felice. È semplicemente raggiante ogni volta che la vedo. Bob sta avendo un grande impatto sulla sua vita", disse Loretta, sorridendo dolcemente. "Ma dimmi, come va la tua vita?"

"Non è affatto male".

"Vai ancora in chiesa?"

"Oh, non mi perderei mai la messa. Frequento anche lo studio della Bibbia", disse Rachel. "Angie viene in chiesa con noi, il che ci fa molto piacere".

"È meraviglioso, Rachel". Loretta agitò la manica della sua vestaglia. "Una volta ti ho detto che dovevi andare in chiesa. Ricordi? Mi guardasti come se avessi perso la testa".

"Sì, credo di sì. Ma allora non ne vedevo la necessità. Ora capisco".

"Sei figlia di Dio, la sua preziosa figlia".

Rachel sorrise alla vecchia. "Ora lo so".

La famiglia si sedette per la cena, Joe disse la preghiera e tutti si tuffarono nel loro pasto. Joe riconobbe la preoccupazione sul volto della figlia. "Cosa c'è che non va?"

Angie guardò suo padre per un consiglio. "Josh. E James. James è morto in seguito alle botte ricevute da Josh. Penso di dover dire alla polizia che sospetto Josh per averlo picchiato".

Joe la guardò con simpatia, rimettendo la forchetta nel piatto. "Dillo alla polizia, Angie. Lascia che siano loro a stabilire se è stato lui o no. Se è innocente, va bene; se non lo è, allora sarà arrestato".

"Papà, è un uomo arrabbiato". Angie smise di mangiare la sua cena, spingendo via il piatto. "Potrebbe venire a cercare anche me. Non voglio essere picchiata, o peggio".

Joe valutò attentamente la situazione, guardando il suo piatto per qualche secondo prima di parlare. "Devi dirlo alla polizia. Ma menziona anche le tue paure sulla sua reazione".

"Certo".

"Potrebbero offrire protezione".

"Forse".

"Ma devi dirglielo".

"Ok, papà". Quando sentì le parole di suo padre, capì che era la conferma di ciò che Dio voleva che lei facesse.

VENTITRÉ

BRIAN PORTÒ due tazze di caffè al tavolo dove sedeva Angie. Si posizionò di fronte a lei, guardando il suo viso preoccupato. "Volevi dirmi qualcosa?"

"Sì. Sono andato a trovare James in ospedale".

"Sì, così hai detto".

"L'ho fatto perché mi sentivo responsabile". Prese un sorso di caffè. "Non so se te l'ho detto o no".

Lui le rivolse un'espressione curiosa. "Come mai sei responsabile?"

"È stato picchiato a causa mia. Josh era geloso, o iperprotettivo, non so bene quale delle due. Forse solo cattivo", disse lei, portando di nuovo la tazza alle labbra. "Se non avessi menzionato le attenzioni che James mi stava dando, Josh non avrebbe saputo nulla. Quindi, sono io la responsabile".

Brian scosse la testa. "Non sono d'accordo. Josh è responsabile se è stato lui a farlo. Ha scelto di reagire con la violenza. È lui il responsabile, non tu".

"Oh, l'ha fatto, eccome. Nessun altro avrebbe reagito così. E non molte persone sapevano di James". Posò la tazza sul tavolo. "Oggi sono andata alla polizia".

"Davvero? Perché?"

"Sospetto che James non sia stato in grado di dire alla polizia quello che gli ho detto di Josh". Fece una pausa di un secondo e riprese. "Così, ho sentito che dovevo informarli".

Brian la guardò con rispetto. "Wow, è stato un atto coraggioso".

"Credi? Non ne sono così sicura. Potrebbe essere stata una mossa stupida". Angie si arrotolò una ciocca della coda di cavallo intorno al dito. "E se Josh venisse a cercarmi?"

Brian la guardò attentamente. "Potrebbe. Ma tu vivi in un edificio sicuro, e quando vieni qui, hai me".

Angie sorrise al suo datore di lavoro. "Oh, che dolce. Lo apprezzo molto. Ma lui vive nel mio stesso edificio. Sono a portata di mano".

"Vero. Cosa ha detto la polizia?"

"Hanno detto che avrebbero indagato sui miei sospetti, nessun problema", disse. "Nessun altro è spuntato sul loro radar come sospettato".

"E per proteggerti?"

"Beh, dovrebbero fare qualcosa perché assegnino una persona a proteggermi. È innocente fino a prova contraria, e potrebbe non essere lui, hanno detto". Lei scrollò le spalle e bevve un altro sorso di caffè.

"Se lo arrestano, molto probabilmente uscirà su cauzione e poi sarà libero di attaccarti", disse Brian.

"Sì, è vero. Forse è così audace. Non lo so. Ovviamente non ho tutte le risposte, Brian. Non sapevo cosa fare". Girò la tazza tra le mani con frustrazione nervosa prima di bere qualche sorso. "Dobbiamo solo vedere come va a finire".

Brian si alzò, guardando Angie. "Non mi piace. Potresti essere in pericolo".

"Sì, lo so, ma sentivo di dover dire alla polizia di Josh. Ci ho pensato molto e alla fine ho sentito che Dio voleva che lo facessi". I suoi occhi blu guardarono il suo capo. "A proposito, hai perso altro peso, vero?"

"Stai cambiando argomento", disse lui. "Ma sì, ho perso più peso. Non mangio patatine e mangio solo metà del panino".

"È fantastico, Brian". Ammirava davvero quell'uomo. Era un capo meraviglioso. E stava diventando un amico.

"Grazie. Nessuna ragazza si interesserà a me, se sono grasso", disse, accarezzando il suo stomaco appiattito.

"Non eri così grasso. Sei un tipo grosso, tutto qui, e hai un cuore gentile". Lei sorrise all'uomo. "Sono sicura che una ragazza vedrà presto quanto sei gentile".

"Grazie. Ho messo gli occhi su qualcuno". Brian scrollò le spalle. "Quindi, forse..."

"È fantastico. Sono felice per te".

"Grazie".

Penelope prese la mano di Alfred e lo trascinò attraverso la porta dell'ufficio di Rachel.

"Ciao, ragazzi. Come state?" Rachel posò la penna e diede alla coppia tutta la sua attenzione.

"Bene", disse Penelope. Alfred grugnì in assenso. "Alfred ha bisogno che tu autentichi qualcosa".

"Certamente, ne sarei felice". Rachel aprì un cassetto per trovare il suo timbro e il suo registro. "Cosa devo firmare?"

Alfred finalmente si fece coraggio e parlò. "Sto dando la mia macchina a mio figlio. La sua è da rottamare".

"È carino da parte tua, Alfred".

"Non guido molto. Non ho bisogno di una macchina ora che Penelope mi porta in giro". Alfred guardò la vecchia e annuì.

"Non dovrebbe guidare comunque", disse Penelope, avvicinando le braccia del suo maglione alle mani. "Le sue capacità non sono più quelle di una volta. Schiaccia sempre i freni all'ultimo minuto. Mi spaventa a morte".

"Capisco", disse Rachel, guardando il modulo di registrazione che Alfred le consegnò. "Ok, Alfred, firma qui e scrivi una data. Scrivi qui il nome di tuo figlio". Indicò le aree di cui parlava con l'estremità della penna.

Alfred scrisse nei punti giusti. "Penelope, devi firmare qui come testimone". Rachel indicò di nuovo dove. Poi firmò e timbrò tutto, registrando la transazione nel suo registro. "Penelope, per favore, firma il mio registro come testimone".

"Sì, cara. Grazie, Rachel", disse Penelope, firmando il suo nome. "Devi aver parlato con Ethel".

"Perché dici così?"

"Perché indossa un copricostume quando cammina nel palazzo".

"Oh, sono contenta che lo faccia". Rachel non le aveva parlato del fatto di coprire il suo corpo grassottello quando era in un due pezzi. "Penso che l'abbia fatto da sola perché non le ho detto niente".

"Beh, comunque, ora si sta coprendo", disse Penelope con un cenno di approvazione.

"Perché non fai amicizia con lei? Ha bisogno di compagnia, ora che è vedova".

"Io?"

"Perché no?"

"Io, non lo so. Credo che potrei". Penelope la guardò come se il pensiero non le fosse mai passato per la testa.

"Ti farebbe bene avere un amica, non credi?" Rachel non aveva mai visto la vecchia signora associarsi con nessuno nel palazzo, tranne Alfred, ma quello era recente.

"Ok, Rachel. Lo farò. E grazie".

Alfred aggiunse anche il suo apprezzamento e la coppia lasciò l'ufficio.

Più tardi, quando Rachel entrò nell'appartamento vuoto, Precious si stava divertendo ad affilare i suoi artigli sull'angolo del divano. Accovacciata di fronte, faceva balenare la sua pomposa coda in aria mentre continuava a danneggiare il tessuto.

"Precious! Cattiva ragazza!" Rachel corse verso il gatto, agitando le braccia. "Allontanati dal mio divano, svergognata!"

Precious si allontanò, continuando ad agitare la sua coda, dando a Rachel un'occhiata acida sopra la sua spalla.

"Monella".

Rachel si sedette al tavolo mentre esaminava la posta. Per lo più spazzatura per gli addetti alla raccolta dei rifiuti. Perché ogni azienda sentiva il bisogno di spedire una quantità infinita di pubblicità? Poi sentì uno schianto. Guardando dietro di lei, vide la cara Precious timidamente seduta sul bracciolo del divano. Sotto di lei c'era un vaso di cristallo che era sul tavolo accanto al divano, ora rotto in mille pezzi. La gatta si guardò intorno come se non avesse idea di cosa fosse successo.

"Precious! Mascalzona! E ora?" disse lei, alzandosi dalla sedia. "Vattene da qui. Vai nella tua stanza".

Precious si precipitò nel corridoio che portava alla camera da letto. Rachel la seguì. "Come può un gatto essere così distruttivo?" Questa non era la prima volta che si divertiva a buttare giù qualcosa dal suo posto. C'erano stati altri incidenti prima di questo, come il suo atomizzatore di profumo che era stato buttato giù a zampate dalla scrivania. Quello era stato un casino puzzolente. Il profumo di Chanel No.5 aveva permeato l'intera unità per una settimana. Tutti i disordini erano avvenuti dopo che avevano deciso di permettere a Precious di avere libero accesso al resto della casa. Rachel si stava pentendo di quella decisione.

Angie entrò in casa, guardando sua madre in piedi al centro della stanza.

"Cosa c'è?"

"Il tuo gatto ha appena rotto il mio vaso di cristallo. Guarda". Rachel indicò i frammenti di cristallo sul pavimento.

"Mi dispiace, mamma". Angie si avvicinò per esaminare il

danno. "Cavolo, mi dispiace davvero. Pulirò tutto". Angie si diresse verso il ripostiglio per prendere una paletta e una scopa.

"Non è la prima volta. Ricordi il vaso abbinato? E l'atomizzatore?" Chiese Rachel. "Questo gatto mi odia?"

"Non credo che sia una questione di odio o di simpatia. Si diverte solo a buttare giù le cose dai tavoli". Angie si chinò sul pavimento per raccogliere i pezzi rotti.

"Deve comportarsi meglio".

"È un gatto, mamma. Questo è quello che fanno i gatti".

"Non tutti i gatti. Benny non ha mai fatto cadere qualcosa di proposito. Mai".

"Che tu sappia".

Rachel lanciò a sua figlia uno sguardo che diceva che si aspettava un accordo. Poi suonò il citofono. Si avvicinò al ricevitore e premette il pulsante del citofono. "Sì?" Il pubblico la chiamava di rado per entrare. A volte lo permetteva, altre volte no.

"È la polizia di Daytona. Abbiamo bisogno di entrare per parlare con uno dei vostri inquilini", disse la voce maschile.

"Quale inquilino?"

"Un certo Josh Brigham, unità 810".

"Oh, sì. Vi faccio entrare". Rachel spinse di nuovo il pulsante per permettere l'ingresso.

Quando si voltò, Rachel vide lo sguardo di sua figlia. Era chiaramente uno sguardo di paura. "Va tutto bene. Almeno abbiamo avuto un avvertimento. Sappiamo che gli verranno fatte delle domande e possiamo tenere alta la guardia".

"Dovrò stare molto attenta ogni volta che metterò piede fuori dalla porta". Angie fece un sospiro pesante.

"Tuo padre può portarti al lavoro e riportarti a casa".

"Potrebbe essere una buona idea", disse lei, in piedi con la paletta in mano.

"Sì, lo è". Il suo istinto di mamma chioccia entrò in azione.

Non voleva ripetere la recente calamità che lei e Joe avevano vissuto quando la loro figlia era scomparsa.

VENTIQUATTRO

LA MATTINA seguente Rachel e Angie si sedettero fianco a fianco al tavolo della sala da pranzo. Il portatile era lì, e Angie era pronta per darsi da fare.

"Prova su Google", disse Rachel.

"Capito". Angie guardò sua madre per altre indicazioni.

"Digita il nome del padre. John Brigham".

"Fatto. Ce ne sono molti. Come facciamo a sapere quali scegliere?" Di nuovo, guardò sua madre.

"Clicca su quello, il nome associato al Nevada. Vedi cosa succede".

"Ce ne sono ancora un bel po'".

"Scegline uno a caso e vediamo". Uno di quelli doveva essere il loro John Brigham.

Dopo aver esaminato sei John Brigham in Nevada, ne trovarono uno con la fedina penale sporca. Quasi. Quest'uomo in particolare aveva avuto diversi scontri con la legge, ma non era mai stato condannato per nulla.

"Quali erano alcune delle accuse?" Chiese Rachel, appoggiandosi allo schienale della sedia.

"Uno è il gioco d'azzardo illegale. Illegale? In Nevada?

Pensavo che tutti giocassero d'azzardo in Nevada". Angie continuò a scorrere.

"Sono sicura che ci siano delle leggi che regolano il gioco d'azzardo. Forse ne ha infranta una", disse Rachel.

Angie si immerse ancora di più nei file. "Guarda questo. Ha battuto l'accusa. Stranamente, per un tentativo di arresto fallito. Che coincidenza. Tale padre, tale figlio". Lanciò a sua madre uno sguardo complice. "È possibile organizzare una cosa del genere?"

"Forse se conosci persone nel dipartimento di polizia", disse sua madre.

"Huh. Interessante". Angie continuò a scavare per diversi minuti mentre Rachel guardava lo schermo.

"Vedo molte accuse di gioco d'azzardo. Gestire una partita di poker illegale dietro una normale attività commerciale. Orchestrare feste di gioco in camere d'albergo. Minacciare un croupier. Solo che, guarda qui, non era John a minacciare. Dice, 'Il suo socio ha minacciato,' Santo cielo. Forse era Josh?" Angie guardò sua madre con occhi grandi. "Mi chiedo quali siano gli altri stati in cui il signor Brigham ha degli 'affari'?"

"Continua a cercare. Sta diventando interessante".

"Allora, cosa avete fatto oggi, ragazze?" Chiese Joe mentre prendeva il condimento per l'insalata.

Madre e figlia si scambiarono uno sguardo. Rachel parlò per prima. "Abbiamo fatto delle ricerche su John Brigham. È venuto fuori che ha una lunga storia di arresti e una condanna per accuse di gioco d'azzardo".

"In diversi stati. Ma la maggior parte delle volte riesce a cavarsela grazie a errori della polizia durante l'arresto. Proprio come Josh", disse Angie sgranocchiando la sua insalata. "Sospettiamo che Josh sia il suo 'esecutore', nel senso che picchia la gente che deve dei soldi a suo padre".

Joe sembrò sorpreso. "Gioco d'azzardo? È legale in alcuni stati, come la Florida".

"Parliamo di gioco d'azzardo in camere d'albergo, case private, e così via, dove non c'è una licenza acquistata o un'operazione legalmente gestita con permessi", disse Rachel. "Tutto sottobanco".

"E Josh è un esecutore? È solo un sospetto", disse Joe, mescolando la sua insalata con la forchetta.

"Facendo uno sforzo di immaginazione per riempire gli spazi vuoti, supponiamo che quando un contatto organizza il gioco d'azzardo per il signor Brigham, gli deve dei soldi. Se non pagano, beh, a buon intenditor poche parole", disse Angie.

Joe guardò sua moglie. "Davvero? E questi vivono nel nostro condominio?"

"Purtroppo". Rachel scrollò le spalle. "Potrebbero organizzare dei giochi nella loro unità, per quanto ne so".

"Non ho notato un numero insolito di persone che entrano nell'edificio", disse Joe.

"Forse tengono il gioco d'azzardo lontano da casa", disse Angie, prendendo un petto di pollo. "E spero che lo facciano. Non ne abbiamo bisogno qui".

"No, non lo sappiamo", disse Joe, facendosi scivolare un pezzo di pollo in bocca. "Allora, questo significa che stavi vedendo una sorta di sicario, Angie. Solo per la cronaca".

"Non sapevo che lo fosse, papà", disse Angie, scuotendo la testa. "E non lo sto frequentando ora. Inoltre, la polizia è interessata a lui".

"È pericoloso", disse Rachel. "Devi portarla al lavoro domani, Joe".

"Nessun problema", disse Joe.

· · ·

Brian stava girando gli hamburger sulla griglia quando Angie entrò in cucina dopo che Joe l'aveva accompagnata. Bonnie stava caricando la lavastoviglie.

"Ehi, ragazzi", disse Angie.

"Ehi", disse Bonnie con un rapido sorriso.

"Sei la dipendente più puntuale che abbia", disse Brian. "Non sei mai in ritardo, di solito sei in anticipo".

"Non è così che dovrebbe essere una dipendente?" Disse Angie, togliendo un grembiule dal gancio.

Bonnie uscì fuori. Lei era raramente puntuale.

Brian sorrise. "Sì, questo è il comportamento che mi piace. Grazie per essere una buona dipendente".

"Figurati. Grazie per essere un buon capo".

Bonnie tornò con dei sacchetti di panini tra le braccia. "Ehi, Brian, hai perso altro peso".

Angie guardò il suo capo. Il suo petto era decisamente più grande della sua vita e le sue braccia erano notevolmente cresciute. La sua pancia era un lontano ricordo.

"Sì, Brian, sei dimagrito molto. Buon per te", disse Angie.

"Mi sono allenato", disse Brian.

"Si vede", disse Bonnie.

"Certo che sì". Angie sorrise con apprezzamento al suo capo. Era diventato un fusto.

"Ok, basta, mi stai mettendo in imbarazzo", disse Brian, facendo scivolare la spatola in un buco accanto alla piastra. "Mettiti al lavoro".

Brian era un uomo modesto e tranquillo. Almeno così sembrava ad Angie. Lei non sapeva molto di lui, solo che era single ed era cresciuto a Daytona Beach. Dopo tutti questi mesi, non era nemmeno sicura di dove vivesse.

Più tardi, quella sera, quando stavano pulendo la cucina dopo la chiusura, Angie colse l'occasione per fare alcune domande a Brian.

"Brian, da dove vieni?" Angie chiese mentre finiva di riporre gli utensili puliti nei loro contenitori.

"Miami. I miei genitori si sono trasferiti qui quando avevo tre anni". Stava facendo le ultime pulizie sulla griglia.

"Sei qui da molto tempo. Dove vivi?" Si era spostata verso un bancone con uno straccio.

"Perché? Hai intenzione di venirmi a trovare?" Chiese con un sorriso.

"No, sono solo curiosa". Lei smise di pulire il bancone e lo fissò, con lo straccio in mano.

"Ho una casetta sulla spiaggia a South Daytona. Niente di cui vantarsi, ma è mia". Si slacciò il grembiule e lo gettò nel sacco della biancheria vicino alla lavastoviglie.

"Deve essere bello vivere sulla spiaggia".

"Sì, mi piace. Molto tranquillo di notte".

"Anch'io vivo sulla spiaggia, ma al quarto piano. Non è proprio la stessa cosa", disse, slacciandosi il grembiule dopo aver gettato uno straccio ben usato nella spazzatura.

"Vuoi venire a vedere casa mia qualche volta?" Il suo bel viso aveva la speranza scritta sopra.

"Certo, sarebbe bello", disse lei, gettando il grembiule nel sacco della biancheria.

"Sabato? Potrei mettere una bistecca sulla griglia dopo aver finito qui", disse lui, guardandola un po' timidamente. La domanda nei suoi occhi blu dava al suo viso un aspetto da ragazzino che lei trovava attraente.

"Ok, sarebbe bello".

"Va bene, allora", disse, infilandosi le mani in tasca per prendere le chiavi. "Sabato".

VENTICINQUE

JOHN BRIGHAM entrò nell'ufficio di Rachel. La sua energia riempiva la stanza, mettendo Rachel a disagio.

"Signora Barnes, ho bisogno di parlare con lei".

"Puoi chiamarmi Rachel", disse, cercando di apparire calma.

"Non importa. Cos'è questa stravagante accusa che sua figlia ha mosso contro mio figlio?" Il volto dell'uomo era scuro mentre il corpo sovrastava la sua scrivania. "Non sopporterò le false accuse di una ragazza sciocca".

"Mia figlia non è sciocca. Ed è una donna, non una ragazza". *Ed ecco che ci siamo.*

"Semantica", disse lui, interrompendo. "Lei sta creando problemi e non lo tollererò. Esigo che lei ritiri le sue accuse".

Le sopracciglia di Rachel si alzarono, insieme al suo carattere. "Esigere? Chi è lei per fare richieste alla mia famiglia?"

"Potrei essere il suo peggior nemico", disse lui, chinandosi verso il basso con le mani appoggiate sulla scrivania, più vicino a dove lei sedeva sulla sua sedia. "Non mi faccia fare qualcosa di cui entrambi ci pentiremo".

"Ha detto abbastanza. È ora che lei lasci il mio ufficio", disse con voce forte e toccata dalla rabbia. "Non le permetterò di minacciarmi. Non torni più qui".

L'uomo le sorrise. "Buona giornata". John lasciò l'ufficio, sbattendo la porta.

Rachel stava tremando. Non era mai stata minacciata in quel modo. Non aveva il diritto di trattarla come aveva fatto, ma il suo comportamento aveva avuto l'effetto desiderato. Era spaventata.

Quando Joe entrò nell'ufficio, capì immediatamente che qualcosa non andava in sua moglie. La recente esperienza era scritta sul suo viso.

"Cos'è successo?"

"Quell'uomo orribile mi ha appena minacciato". Stringendo i braccioli della sedia con entrambe le mani.

"Quale uomo?"

"John Brigham".

"Cosa ci faceva qui?

"È arrivato dicendomi, no, *esigendo* che io faccia ritrattare ad Angie le sue accuse verso suo figlio". Rachel si sedette davanti a suo marito, con gli occhi spalancati e nervosi.

"Che cosa hai fatto?"

"Gli ho detto di andarsene e di non tornare. Ha detto che potrebbe essere il mio peggior nemico, Joe".

"Penso che dobbiamo far sapere al detective assegnato a questo caso cosa è successo". L'espressione e l'intero contegno di Joe sembravano seri. "Adesso".

"Ok". Si fidava della decisione di Joe.

Dopo aver composto il telefono e aver passato la sua chiamata a diverse persone, rispose il detective assegnato al caso di morte di James Marshall. Rachel spiegò quello che era appena successo.

"Signora Barnes, sto prendendo nota. La prego di farmi sapere se dovesse verificarsi un altro incidente". La sua voce sembrava preoccupata pur mantenendo un tono professionale.

"Spero che non si verifichi un altro incidente", disse. "Ma cosa posso fare per evitarlo? Sono stata minacciata. Speravo di essere protetta".

"Contatteremo il signor Brigham e gli consiglieremo di cessare tutte le minacce verbali nei vostri confronti. Una volta che saprà che la polizia è consapevole del suo comportamento, questo probabilmente metterà fine alle minacce", disse. "Mi dispiace che vi troviate in questa situazione. Vi suggerisco di evitare quest'uomo e suo figlio il più possibile".

"Beh, certo. Non sono un'idiota", disse lei. "Solo che viviamo tutti nello stesso edificio. Ci incontriamo per caso".

"Posso solo suggerire di evitarli. Non posso mettere una guardia fuori dalla sua porta. Mi faccia sapere se dovesse succedere qualcos'altro".

"Lo farò". *Se sarò viva per farlo.*

Rachel prese il suo ventaglio e lo agitò vigorosamente nell'aria per rinfrescarsi. Lo stress esacerbava le sue vampate di calore. E lei era stressata. Le minacce a lei e alla figlia avevano la tendenza a provocare una reazione di stress. *Quei Brigham!*

Rachel era così contenta di vivere al quarto piano e non all'ottavo. Sarebbe stato più facile evitare John e Josh quando doveva lasciare la sua unità. Poteva anche osservare dal suo ufficio chi fosse vicino all'ascensore prima di avventurarsi e salire. Non voleva essere uccisa nell'ascensore da uno dei suoi nemici. E poi, a volte le veniva in mente che forse era melodrammatica. Ma aveva ricevuto una minaccia. Non era il prodotto di un'immaginazione iperattiva. Quindi, cautela era la parola del giorno. Ogni giorno.

Guardò da un lato all'altro per assicurarsi che non ci fosse nessuno vicino alla sua unità mentre usciva dall'ascensore. Con la chiave in mano, sbloccò rapidamente la porta, entrò e la chiuse dietro di sé. Salva. Vide Precious seduta in mezzo al soggiorno, con un'aria innocente.

"Cosa hai fatto? Hai rotto qualcosa ultimamente?"

Il gatto agitò la sua coda cespugliosa, allontanandosi in un'altra direzione.

Rachel si preparò del tè e si diresse verso il balcone. Si sedette su una delle comode sedie e sorseggiò contenta la sua bevanda. Finalmente la pace. Tutto questo stress non faceva bene al suo diabete. A volte si sentiva svenire, e sapeva che era dovuto allo stress. La sua dieta era molto buona dalla sua diagnosi. Non voleva aggravare la sua malattia, quindi stava attenta a ciò che mangiava. E alle sue medicine. Era una buona paziente.

Prendendo la sua Bibbia, Rachel si mise a sfogliare. Cercò la pace e trovò qualcosa in Giovanni 14:27. "Vi lascio la pace; vi do la mia pace. Non ve la do come la dà il mondo. Non lasciate che i vostri cuori siano turbati e non abbiate paura".

Non abbiate paura.

Nessuna paura. La paura non ha presa su di me. Non può toccarmi. Le sue braccia mi circondano. Sono al sicuro.

Rachel posò la Bibbia sul tavolino e guardò la piscina. Per prima cosa, vide i capelli blu ricci di Ethel che si muovevano verso una chaise longue. La donna si tolse il copricostume bianco prima di distendere il suo corpo grassoccio. Penelope arrivò camminando, come faceva spesso intorno alla piscina. Dal suo punto di vista, sembrava che Penelope avesse iniziato una conversazione con Ethel, ed Ethel era ricettiva. *Meraviglioso!* Subito dopo, Ethel si alzò e si mise il suo copricostume, poi le due donne iniziarono a camminare intorno alla piscina. Insieme. Era nata un'amicizia.

Ruby entrò nell'ufficio di Rachel, tenendo la mano di Loretta.

"Signore! Sono così felice di vedervi in giro stamattina", disse alzandosi dalla sedia.

"Siamo solo fuori per una passeggiata, forse andiamo a fare

la spesa", disse Ruby, guardando la sua amica con la cura che sprizzava dai suoi occhi.

"Sì, io e Ruby abbiamo deciso che avevo bisogno di uscire un po'", disse Loretta, sedendosi sull'unica sedia destinata ai visitatori. A Rachel sembrava quasi normale. Oggi indossava uno dei suoi classici tailleur pantalone, uno giallo, e i suoi capelli erano tirati in uno chignon basso, non la sua solita pettinatura. Ma aveva un'aria composta e dignitosa, non come una paziente malata.

"Penso che sia in grado di andare a fare la spesa", disse Ruby, guardando Loretta in piedi accanto a lei. "Ha finito la maggior parte del cibo e ha bisogno di mettere su un po' di peso, non credi?"

"Beh", Rachel non voleva davvero criticare la vecchia signora dopo che era stata in così pessima salute. "Potrebbe aver bisogno di un paio di chili dopo l'attacco di polmonite. Ma a me sembra fantastica".

"Mi sento molto meglio, Rachel. Mi stanno tornando le forze e comincio a sentire di nuovo la voglia di fare le cose".

"È meraviglioso, Loretta". Le piaceva sentire l'atteggiamento positivo.

"Beh, volevamo solo fare un salto mentre uscivamo", disse Ruby. "Sapevamo che avresti voluto sapere come stava la nostra ragazza".

"Sì, certo, è vero. E vedo che stai andando alla grande". Rachel si avvicinò per aprire la porta alle due amiche. "Sono così felice che siate passate".

Loretta si alzò lentamente dalla sedia, prendendo la mano di Ruby come sostegno mentre si dirigeva verso la porta. "Ciao, cara".

"Arrivederci, signore".

"Ci vediamo", disse Ruby mentre conduceva Loretta fuori dalla porta.

. . .

"Pronti a chiudere", disse Brian al personale. Aveva spinto tutti più del solito per lasciare il suo posto di lavoro in modo tempestivo. Era ovvio per Angie che voleva andare avanti con la serata che lo aspettava. La bistecca alla griglia a casa sua. Il loro primo appuntamento, o così aveva capito. Come altro poteva chiamarlo?

Una volta fuori nel parcheggio, Brian fece un cenno verso la sua macchina. "Quella è la mia". Angie guardò e vide una classica Camaro truccata. Verde metallizzato brillante. Era una bella macchina.

Angie era impressionata. "Wow, che macchina!".

"Il mio orgoglio e la mia gioia. Ho lavorato su questa bambina per anni", disse, aprendole la porta. "È lucidata a mano. E ha anche i sedili in pelle".

Non era tutto. L'interno era dotato di un volante in pelle, di uno stereo personalizzato e di altoparlanti, per non parlare della moquette lussuosa. E una croce in tono d'oro era appesa allo specchietto retrovisore. Ovviamente, amava la sua macchina.

"Molto bella, Brian", disse lei mentre lui apriva la porta.

"Grazie".

Guidarono lungo la A1A per qualche miglio prima di entrare a South Daytona. Non molto tempo dopo si fermò in un vialetto che era appena visibile dalla strada. Su entrambi i lati spuntavano grandi piante di alghe mentre scendevano verso il garage. Era separato dalla casa in stile cottage, situata alla sua destra. Brian aprì il cancello in un posto sicuro per tenere un veicolo d'epoca al riparo dall'aria salata.

Camminarono fino alla porta d'ingresso della casa mentre Brian faceva scattare il suo portachiavi per chiudere le porte del garage. Il cottage era dipinto di un tenue color acqua e aveva persiane bianche e un tetto di alluminio. Angie pensò che fosse carino. Quando entrarono, Angie fu sorpresa di vedere quanto fosse moderno. L'intera zona giorno era molto aperta. Un vero open space! Anche se era una piccola casa, l'apertura le dava una sensazione molto più grande. Poteva vedere la cucina dalla porta d'ingresso, ed era tutta bianca. Un piccolo tavolo di legno con quattro sedie si trovava alla sinistra della cucina. A destra della porta d'ingresso, un divano in pelle e un divano abbinato erano posizionati a formare un angolo, con un grande tavolo di legno grezzo usato come tavolino da caffè di fronte. Naturalmente, un enorme televisore a grande schermo era attaccato al muro.

"Qui sotto c'è la camera da letto". Brian fece strada lungo un breve corridoio fuori dal soggiorno fino alla camera da letto, e Angie lo seguì. Era dipinta di un colore simile all'esterno e aveva un bagno annesso. Un bagno in camera, nientemeno. Una doccia chiusa da un vetro luccicava verso di lei. Aveva quelle che sembravano essere piastrelle di roccia e un fantasioso soffione a cascata. Il piano aveva due lavandini e un'ottima illuminazione per truccarsi. Tranne che non c'era una donna a vivere lì. Solo Brian.

Quando rientrò nella camera da letto, Angie notò le lunghe porte scorrevoli dell'armadio. "Wow, un sacco di spazio nell'armadio".

"Sì, guarda", disse Brian mentre faceva scorrere metà delle porte aperte. Ciò che si rivelò fu un raggruppamento di scaffali e cassetti di legno. "E da questa parte", disse, facendo scorrere l'altra metà, "c'è l'area walk-in".

"È incredibile", disse Angie. Ogni lato era rivestito in legno con una lunga area per appendere i vestiti, con scaffali sopra. "È così personalizzato".

"L'ho progettato io stesso e ne ho costruito la maggior parte". Era ovvio che era orgoglioso del suo lavoro.

"Davvero?"

"Sì, e ho fatto la maggior parte del lavoro anche nel resto della casa".

"Chi sapeva di avere un capo così talentuoso?" Disse con un sorriso.

"Ok, usciamo da qui o non mangeremo nessuna bistecca", disse con un sorriso soddisfatto.

"Oh, sì, e ora lo chef Brian sta dimostrando un altro dei suoi tanti talenti, l'arte di grigliare le bistecche", disse giocosamente mentre camminavano lungo il corridoio verso la cucina. "Non ho mangiato nulla in preparazione di questo meraviglioso pasto che preparerai. Sarà meglio che sia buono!"

Brian si mise a ridere. "Ok, preparati a stupirti. Questo è il mio miglior talento, il mio pezzo forte". Su questo argomento, Brian non era ovviamente timido nel vantarsi.

"Non vedo l'ora". Angie si sedette su uno sgabello vicino al bancone, ansiosa di mangiare la sua magnifica bistecca.

VENTISEI

QUALCUNO SUONÒ il campanello dell'unità di Rachel. Le ci volle un po' di tempo per raggiungere la porta. Aveva fatto una doccia e doveva prendere il suo accappatoio per essere presentabile.

"LuAnn! Entra". Fece un passo indietro dalla porta per permetterle di entrare.

"Non volevo disturbarti, ma non volevo nemmeno aspettare fino al mattino", disse LuAnn, tirandosi la coda di cavallo di traverso che le ricadeva sulla spalla.

"Va tutto bene. Vieni a sederti in salotto".

Si avvicinarono al divano e si sedettero una accanto all'altra. LuAnn la guardò con un'espressione particolare. "Cosa c'è?" Chiese Rachel.

"La band vuole andare in tour".

"È una cosa negativa?"

"Beh, faremmo più soldi. Quella parte non è male".

"Allora, dov'è il problema?"

"Dobbiamo viaggiare. Molto. Troppo". LuAnn le sparò un'espressione imbronciata.

"Oh, capisco. Non vuoi?"

"L'ho fatto anni fa. Era divertente quando avevo vent'anni o anche quando avevo trent'anni, in un certo senso. Ma ora ho una casa. Ho degli amici. Voi ragazzi siete la mia famiglia. Non voglio andare in tour". LuAnn la guardò come se si aspettasse una risposta al suo dilemma.

"Cavolo, ragazza, non so cosa dire. Capisco il tuo punto di vista. Non posso dire di biasimarti". Rachel guardò la sua amica da vicino. C'era qualcosa di più in questa situazione. "Se non vai, cosa succede alla tua relazione con Derks?"

"Non ci vedremo, ovviamente, per chissà quanto tempo. Non è una buona cosa per una relazione".

Rachel ricordava le tristi storie d'amore di LuAnn di coniugi traditori quando era in tour in passato. "E cosa farai per guadagnare se la tua band è in giro?" Rachel infilò i piedi sotto l'accappatoio.

"Questo è un altro problema. Dovrei trovare un lavoro. Posso farlo, ma non è quello che voglio. Per niente", disse, il suo accento si fece più pesante per l'ansia. "Mi piace la nostra organizzazione ora. La band, io e Derks, tutti insieme".

"Tesoro, non ho una risposta per te. Non c'è una risposta semplice. Ne hai parlato con Derks?" Era lui quello con cui doveva parlare di questa situazione, non lei.

"Sì. È tutto eccitato di andare", disse lei, con evidente tristezza nella sua voce. "Non è stato in viaggio così a lungo come me. Pensa che sia eccitante. Sai che è un po' più giovane di me?"

Questa era una novità per Rachel. LuAnn sembrava più giovane dei suoi anni, quindi non era una sorpresa che stesse frequentando un uomo più giovane. Sembrava una cosa che le donne facevano, ultimamente. "No, non lo sapevo".

"Sì, circa dieci anni", disse lei, gettando le mani in aria. "Cosa posso dire? Sono attratta da un ragazzo più giovane. Molte donne della mia età lo sono al giorno d'oggi".

"Sembra di sì. È sicuro di andare con la band? Anche se tu non lo fai?"

"Penso di sì. Non conosce i miei problemi, quindi gli sembra tutto a posto". disse lei arricciando le labbra verso il basso, dandosi una strana espressione.

"Quando ho dei problemi, prego sempre per una risposta. Per me funziona", disse Rachel, accarezzando la mano che LuAnn aveva appoggiato sul suo ginocchio, tutta scintillante di brillantini sulle sue lunghe unghie. "Prova così e vedi cosa succede".

LuAnn strinse la mano seduta sulla sua. "Ci proverò, tesoro. Ok, ora ti lascio a finire quello che hai iniziato" disse, alzandosi in piedi. "Non puoi cucinare la cena vestita così".

"Ah, no?" In realtà, era esattamente il suo piano.

Mentre le bistecche sfrigolavano sulla griglia esterna, Brian preparò il tavolo da picnic per la loro cena. Non c'era niente di stravagante, come al ristorante dove Josh l'aveva portata, tutto era confortevole e accogliente. Sedersi ad un tavolo da picnic guardando l'oceano da vicino, era un paradiso per Angie. Si sentiva rilassata. E non sentiva il bisogno di impressionare Brian. Lui era già impressionato. Se le fosse colato del grasso sul top, non gli sarebbe importato.

"Ok, qui fuori ho tutto quello che ci serve. Insalata, condimenti, tè freddo e niente ketchup".

"Ketchup?" Non capiva il commento.

"Alcune persone mettono il ketchup sulla bistecca. Io non lo permetto. Non quando cucino io".

"Ho capito. Non uso mai altro che il sale sulla mia bistecca. E pepe quando cucino".

"Brava donna", disse in segno di apprezzamento. "Siediti, il banchetto sta per iniziare".

Angie fece un passo tra la panca e il tavolo mentre si sedeva di fronte all'oceano. Era romanticamente illuminato da una luna piena. C'erano due candele per aiutare ad illuminare il tavolo. Brian la raggiunse dopo averle messo davanti il piatto con la bistecca fumante.

"Vuoi dire la preghiera o devo farlo io?" Chiese.

"Oh, penso che dovresti". Angie era impressionata. Nessuno dei suoi precedenti fidanzati aveva mai detto la preghiera, specialmente Josh. Soltanto suo padre rendeva la grazia a tavola.

Dopo che Brian finì la preghiera, disse ad Angie di servirsi da sola dell'insalata. Lui affettò la bistecca mentre lei spargeva il condimento sull'insalata. Quando lui finì, lei si chinò indietro in modo che lui potesse metterne una fetta nel suo piatto. Aveva un aspetto meraviglioso.

"Oh, Brian. Wow!" disse, le sue parole provenivano confuse dalla bocca piena di carne deliziosa. "È fantastica".

"Grazie". Versando il condimento sulla sua insalata e girandola con la forchetta. "È una vecchia ricetta di famiglia".

"Non sapevo che ci fossero ricette di famiglia per la bistecca".

"Probabilmente non ci sono. Sta tutto nella tecnica, e questo è il mio segreto".

"Oh, davvero? Hai dei segreti?" lei stuzzicò.

"Solo questo". Ridacchiò mentre la guardava al suo fianco.

"Va bene così. Non c'è bisogno che io lo sappia, basta che tu continui a cucinare bistecche per me", disse con un sorriso.

"Donna, questo non è un problema". Brian sorrise ampiamente.

"Io cucino, un po'. Non sono bravissima o altro. Non brava come te, e certamente non posso avvicinarmi al tuo talento nel cucinare una bistecca". disse lei sorseggiando il suo tè freddo tra una chiacchiera e l'altra.

"Va bene così. Sono sicuro che hai altri talenti", disse, infilandosi un pezzo di bistecca in bocca.

"Sì? Non lo so. Sto ancora cercando di capirlo". Angie non

sapeva davvero dove stesse andando con la sua vita. Non aveva avuto molto tempo per cercare lavoro da quando lavorava con Brian e non sapeva davvero cosa volesse fare. Aveva un mucchio di titoli che non costituivano un curriculum per una carriera specifica. Questo era il suo primo lavoro, in un fast food. E aveva venticinque anni. Non era una gran cosa per se stessa.

"Hai detto che hai vissuto negli ashram per un po'. Come è successo?" chiese, tagliando un pezzo di carne.

"Mi sono interessata alle religioni orientali, alla meditazione e allo yoga. All'epoca ero in Massachusetts e avevo appena finito di laurearmi in un college. Da lì ho potuto trasferirmi in un ashram. Quando si è presentata l'opportunità di andare in India, ho colto l'occasione al volo. Un paese straniero? Studiare con un guru?" disse, mettendo giù la forchetta per sottolineare le sue parole con entrambe le mani che si muovevano in aria come uccelli. "Ero affascinata, così sono partita con alcune persone dell'ashram. Siamo stati lì per circa tre mesi, viaggiando da un ashram all'altro".

"Come hai fatto a permettertelo?"

"Se lavori negli ashram, puoi rimanere gratis. Ho aiutato un po' in cucina, soprattutto nelle pulizie, e nell'ufficio". Prese il coltello per affettare altre bistecche.

Brian annuì con la testa mentre masticava. "Forte. Ma come hai fatto a permetterti la "roba"? Dentifricio, rossetto, un biglietto per l'India?"

Angie si sentì a disagio. Prese la sua coda di cavallo e la attorcigliò intorno a un dito, poi guardò peccaminosamente Brian. "Beh, hmm, non penserai male di me?"

"Certo che no".

Si liberò della coda di cavallo e lasciò cadere le mani sul grembo. "Ero una musa".

"Una cosa?"

"Una musa. Una fonte di ispirazione artistica. È quando qualcosa di una persona, di solito una donna, ispira la creatività di un artista. Quindi, dipingono quella persona. È una musa. Viene dipinta". Angie spiegò il significato della parola come se fosse una cosa comune.

"Fammi capire, hai posato per un artista?" Brian le lanciò uno sguardo curioso. "Perché in qualche modo hai ispirato questa persona artista e lui, presumo fosse un lui, ti ha ritratto?"

"Sì. Esattamente".

"E ti ha pagato?"

"Sì. Abbastanza bene, in effetti".

Brian la guardò con crescente curiosità. "Non ho mai sentito parlare di una cosa del genere, tranne forse al liceo durante la lezione di arte. E non ho nemmeno mai conosciuto una musa".

"Ora lo sai", disse lei, allargando le mani in aria.

"Hai posato nuda?"

"Mai! Era sempre discreto. Per lo più, indossavo abiti normali. A volte ho posato fuori, a volte nel suo studio. Un paio di volte ho indossato un costume da bagno quando ero sulla spiaggia. Qualunque cosa la situazione richiedesse. E non avevo nemmeno una relazione con lui. Non era così. Solo un accordo d'affari". Lei smise di parlare e guardò per vedere la sua reazione a quello che aveva detto.

Brian non parlava abbastanza velocemente per Angie. Lei era preoccupata che lui fosse arrabbiato per la sua precedente forma di reddito. "Brian, sei arrabbiato con me?"

"No, sto solo cercando di assimilare tutto". Il suo leggero sorriso la fece rilassare un po'. "Allora, dimmi cosa è successo dopo l'India".

"Alla fine, siamo andati in un ashram a nord di Londra e siamo rimasti lì per un po'. Adoro Londra", disse, infilandosi un altro boccone di carne in bocca, con un po' di succo che le brillava sulle labbra. "Ma è incredibilmente costoso vivere lì e comprare cose. Così siamo tornati in Massachusetts per un po'".

"E poi sei venuta qui?"

"No, sono andata con un'altra ragazza in California e sono

rimasta lì in un ashram. In un certo senso non volevo tornare a casa", ammise. "Ma non avevo nessun altro posto dove andare, ed era il momento, che mi piacesse o no".

"Perché non volevi tornare a casa?"

"Ho vissuto per anni nei college e poi negli ashram. L'idea di tornare a vivere con i miei genitori non era allettante. Nessuna indipendenza". Alzò leggermente una spalla per suggerire che il suo ragionamento era da capire.

"Ho capito".

"E ora vivo con i miei genitori". Angie si riempì la bocca di insalata e roteò gli occhi.

Brian posò la forchetta e la guardò. "Allora, qual è il tuo piano per il futuro?"

"Non ho nessun piano".

"Vuoi lavorare in un locale di hamburger per il resto della tua vita?", scherzò.

"No, non proprio", disse lei ridendo e facendo una faccia perché non le piaceva dirglielo.

"Neanch'io e sono il proprietario del posto". Anche Brian si mise a ridere.

"Allora, hai piani più grandi che possedere una tua attività?"

"Mi piace possedere la mia attività. Ha i suoi vantaggi. Solo che non voglio girare hamburger a sessant'anni". Prese di nuovo coltello e forchetta e cominciò a tagliare la carne nel suo piatto.

"Allora cosa vuoi fare?"

"Non ne ho idea".

"Ho capito".

Per alcuni momenti si sedettero in silenzio mentre mangiavano. Poi Angie ruppe il silenzio. "E la tua famiglia?"

"La mia famiglia?" Brian sorrise in risposta. "Brava gente. La migliore. Mia madre lavora nel sistema scolastico come insegnante. Mio padre, beh, è speciale".

"Come mai?"

"È un predicatore, molto dedicato al suo gregge, al Signore.

Un grande uomo, il mio modello," disse, annuendo. "Ho avuto i migliori genitori che potessi desiderare".

"Hai fratelli o sorelle?"

"No. Sono figlio unico".

"Anch'io". Sorrise a Brian. "I tuoi vivono da queste parti?"

"Sì, appena fuori Dunlawton a Port Orange". Lui le mise una mano sulla spalla. "Ci andremo presto, così potrai conoscerli. Ti adoreranno".

"Sembra bello". Avevano molto in comune. E lei si sentiva a suo agio con Brian. Questo era importante. Aveva un padre protettivo che le aveva instillato il desiderio di continuare a sentirsi protetta da un maschio. Sentirsi amata e accudita. Guardò al suo fianco l'uomo accanto a lei mentre inforcava un pezzo di carne e pensò, *è uno da tenere stretto.*

VENTISETTE

"QUALI SONO i tuoi piani per la giornata?" Chiese Rachel.

"Sono in pari con la manutenzione qui, così ho pensato di passare la giornata al B&B", disse Joe, prendendo una cucchiaiata di cereali.

"Oh, bene. Non dimenticare di portarti un panino". Rachel si sedette e sorseggiò il caffè. Era troppo presto per la colazione, per quanto la riguardava. "Com'è andata ieri sera?" Rivolse la sua attenzione ad Angie.

"Fantastico", disse lei, tra un morso e l'altro di un toast. A differenza di sua madre, Angie amava la colazione, specialmente il burro di arachidi spalmato sul pane tostato. "Quest'uomo sa *cucinare*".

"Hai mangiato una bistecca?" Chiese Joe.

"Sì, ed era perfettamente cotta", rispose lei. "E non c'era ketchup. Non permette a nessuno di mettere il ketchup sulle sue deliziose bistecche".

Rachel ridacchiò. "Un uomo che ha i miei gusti".

"Dovresti vedere il suo cottage. Splendido! Ed è sulla spiaggia", disse Angie. "Abbiamo mangiato su un tavolo da picnic fuori, a pochi metri dall'oceano. Puro paradiso".

"Sembra fantastico. Possiede un posto tutto suo, ha una sua attività. Impressionante". Joe alzò lo sguardo dai suoi cereali. "Ma è simpatico?"

"Oh, papà! Come sei assillante. Sì, è molto carino, ed è figlio unico", disse lei, sgranocchiando il suo toast. "Suo padre è un predicatore".

"Cosa fa la madre?" Chiese Rachel.

"È un'insegnante. Dice che ha avuto un'infanzia fantastica. Molte persone non possono dirlo", disse Angie, prendendo il suo caffè. "Abbiamo molto in comune, credo".

"Sembra tutto molto meglio di Josh". Joe diede a sua figlia l'"occhiata". Era lo sguardo che faceva quando stava facendo notare che lei aveva sbagliato, in qualche modo.

"Sì, da quello che posso vedere finora, non è affatto come Josh".

"Hai detto al detective cosa abbiamo trovato online su Josh e suo padre?" Chiese Rachel.

"Sì, l'ho fatto. E loro sapevano quasi tutto. Stanno lavorando al caso", disse Angie, "ma finora Josh non è stato arrestato, solo interrogato".

"Vorrei vedere quel tipo dietro le sbarre" disse Joe, alzandosi dal tavolo. "Non è buono, porta solo guai".

"Ed è pericoloso", intervenne Rachel. "Proprio come suo padre".

"Cosa c'è di sbagliato nella gente?" Bonnie interruppe la sua sfuriata e iniziò a borbottare sottovoce mentre portava un cestino pieno di piatti sporchi dalla zona pranzo.

"Cosa c'è che non va?" Chiese Brian, allontanandosi dalla piastra.

"Cliente stupido. Maleducato. Come se non fossi occupata?" disse, sbattendo il cestino sul bancone.

"Di cosa hai bisogno?", chiese.

"A quanto pare ho bisogno di un altro braccio", disse con l'esasperazione scritta in faccia.

"Lasciami i piatti", disse, facendo scivolare il cestino su di sé. "Occupati del cliente".

Bonnie tornò immediatamente nella zona pranzo. L'altro lato della porta basculante si aprì pochi secondi dopo. Angie entrò con disinvoltura.

"È pazzesco là fuori", disse. "Caos totale. Devi assumere un'altra ragazza".

"Dee arriverà da un momento all'altro", rispose.

"Non sarà mai abbastanza presto", disse Angie, raccogliendo i piatti puliti su un vassoio e tornando nella stanza del caos.

Angie era una gran lavoratrice, nonostante la sua mancanza di esperienza sul curriculum. Diceva anche quello che pensava, cosa che Brian trovava attraente. Non era l'unica cosa di lei che era attraente. Sapeva essere spiritosa. Poteva essere innocente. Poteva avere un'esplosione di rabbia e poi tornare di buon umore in un istante. Sapeva anche essere così dolce. E poi c'era il suo bel viso. Il suo viso. Brian aveva sognato il suo viso la notte prima. Tutta la notte. I suoi bellissimi occhi blu brillavano quando lo guardava. Angie era fantastica agli occhi di Brian.

Qualche mese fa, aveva quaranta chili in più sulla sua grande struttura. Il suo mangiare senza pensare, soprattutto per noia, era stata la sua rovina. Ma una volta che Angie era venuta a lavorare per lui, aveva avuto un incentivo per perdere i chili di troppo. Aveva persino sollevato pesi per aiutare il numero sulla bilancia a scendere costantemente più in basso. Non sapeva perché non li avesse usati per tutto il tempo. I suoi pesi erano convenientemente parcheggiati in garage, in attesa che gli prestasse attenzione. Ma ora aveva il desiderio di diventare sano. E il suo nome era Angie.

Dee Tremaine sfondò la porta a battente, irrompendo nei

pensieri di Brian. "Accidenti, è uno zoo là fuori", disse. "Può ringraziarmi per essere qui, signor Forbes".

"Ora sono il signor Forbes?"

Dee si mise a ridere. "Non sei abbastanza grande per essere mio padre?"

"Sarà meglio che stia scherzando, signorina Tremaine", scherzò lui. "Lei non è certo più giovane di me".

Dee si legò il grembiule intorno alla vita, coprendo l'uniforme rosa. "Ok, capo, ci sono". Dee uscì, nella sala.

Angie sospirò mentre caricava i piatti sporchi in un cestino. Quando si voltò, vide Josh seduto sul bordo di un tavolo accanto a lei. Lui allungò la mano e le prese il polso. "Siediti".

"Non posso sedermi, sono occupata. Non vedi quanto lavoro abbiamo?" Lei guardò Josh come se avesse perso la testa.

Angie cercò di allontanarsi, ma Josh le tenne stretto il polso. "Ho detto siediti, e dico sul serio".

L'espressione sul suo volto era cupa. La paura attraversò Angie come una dose di medicina. Spostò il cestino sul tavolo e si sedette di fronte a lui. "Cosa vuoi?"

"Voglio che tu smetta di mancarmi di rispetto. Vai alla polizia e dì loro che ti sei sbagliata su di me", disse a bassa voce. Anche se a basso volume, non poteva non sentire il tono intimidatorio. "Di' loro qualsiasi cosa, ma assicurati che capiscano che hai sbagliato. Ti sei sbagliata".

"Non posso farlo", disse lei. "Penserebbero che sono una ragazza stupida che non sa quello che dice. Inoltre, mentirei. Io non mento".

Josh si chinò più vicino a lei, come aveva fatto l'ultima volta che erano usciti a cena. Lei poteva sentire il suo calore, la sua rabbia, era così potente. E poi lui parlò. "Farai come ti è stato detto o ti farò rimpiangere di aver detto una sola parola di mancanza di rispetto nei miei confronti, Miss Bel Faccino".

La sua faccia? Un brivido le salì lungo la spina dorsale e le arrivò alla testa. Si sentì svenire, fuori equilibrio. La *mia faccia?*

"Alzati!" Brian disse, afferrando Josh per la parte posteriore del colletto, sollevando fisicamente l'uomo dal sedile e trascinandolo nel corridoio. "Non parlare mai più con Angie, né qui né altrove. Esci e non pensare nemmeno di tornare". Brian stava guardando in faccia l'uomo, troppo vicino per stare tranquilli, con un'espressione che suggeriva che faceva sul serio. Angie non aveva mai visto questo lato di Brian. "Se ti vedo qui intorno, sei carne morta. Non sto scherzando".

Quando Brian rilasciò il colletto, Angie notò che gli occhi di Josh erano grandi. Tirò la camicia nera al suo posto, sembrava un po' scosso. Senza dire una parola, Josh si voltò per andarsene.

"Non tornare", urlò Brian mentre l'uomo usciva.

"Come facevi a saperlo?" Chiese Angie.

"L'ho visto attraverso il passaggio quando è entrato. Era ovvio che stava cercando guai. Poi ho capito chi era quando ti ho visto seduta con lui. Come un flash, mi ha colpito". Brian guardò Angie. "Quando sono uscito e ho visto la tua faccia, non c'erano dubbi".

"Grazie", disse lei, alzandosi e gettandogli le braccia intorno.

"Wow, è questo che devo fare per avere un abbraccio?", scherzò.

Angie si appoggiò e sorrise. "No, c'è molto altro".

I clienti scoppiarono in un applauso. Qualcuno gridò "eroe". Brian rise.

VENTOTTO

"SAPETE, SONO COSÌ DEPRESSA STASERA", disse LuAnn. Non sembrava depressa. Al contrario. Vestita con un elegante top rosso con paillettes che punteggiano varie aree, sembrava la regina della musica country. Le sue lunghe unghie rosse balenavano nell'aria mentre gesticolava. I jeans neri che indossava mostravano tutte le sue curve. Infastidita? Forse cercava attenzione?

"Cosa c'è che non va adesso?" Chiese Olivia. Guardò LuAnn mentre roteava una cannuccia nel suo tè freddo. "Stai benissimo, ragazza".

"Derks sta sicuramente andando a fare quel tour in giro per il paese. E io resterò qui da sola", disse lei, imbronciando le sue piene labbra rosse.

"Allora vai con lui", disse Rachel.

"Non voglio".

"Vai. L'edificio è sicuro, quindi non devi preoccuparti dei ladri. E noi saremo qui quando tornerai. Non andremo da nessuna parte". Rachel fece all'amica un sorriso incoraggiante.

LuAnn gettò i suoi grandi occhi blu sull'amica. "Non voglio andare, Rachel. Nessun desiderio. Nulla. Nada. Zero".

"Dicci come ti senti veramente", scherzò Olivia.

Cercando di cambiare argomento per distogliere la mente di LuAnn da Derks, Rachel fece una domanda alla sua amica. "Dimmi una cosa. Le tue dita dei piedi sono in tinta con le mani? Sono anche loro di un rosso brillante e scintillante?"

LuAnn le lanciò uno sguardo strano. "Beh, visto che l'hai chiesto, la risposta è no, tesoro. Le mie dita dei piedi sono così nodose che le nascondo sotto degli stivali carini". Tirando fuori un piede da sotto il tavolo, rivelando degli stivali neri da cowgirl con le frange.

"Vedo", disse Rachel.

Le risate rimbombarono dall'angolo più lontano della Clubhouse, dove quattro uomini si trovavano intorno al tavolo. Sembrava che stessero giocando una partita a carte. Rachel cercò di essere disinvolta mentre li guardava. Non voleva sembrare che li stesse spiando, anche se lo stava facendo.

"Quei ragazzi stanno giocando a carte", LuAnn dichiarando l'ovvio. "Mi chiedo se stiano giocando d'azzardo?"

"Sembra che potrebbero farlo", disse Rachel.

"Penso che sia esattamente quello che stanno facendo", intervenne Olivia. "Da dove sono seduta, posso vedere le banconote al centro del tavolo".

"Non è il resto dei loro drink". Rachel si accigliò. "Qualcuno conosce quei ragazzi?"

Entrambe le donne dissero di no.

Proprio mentre Rachel stava per avvicinarsi al tavolo, tutti e quattro gli uomini si alzarono e uscirono. "Mi chiedo dove stiano andando?"

"Una di noi deve seguirli", disse LuAnn.

"Non tu. Non potrebbero non notarti", disse Rachel.

"Allora? Posso prendere l'ascensore con loro; vedere a che piano scendono". LuAnn si alzò rapidamente. "Meglio che mi sbrighi o li perderò". Con lunghi passi dei suoi stivali da cowgirl, si mise a inseguire gli uomini.

Rachel e Olivia si guardarono in silenzio.

Le porte dell'ascensore stavano cominciando a chiudersi quando LuAnn girò l'angolo. "Oh, per favore, fermi l'ascensore", chiamò nel suo più profondo accento del sud. Uno degli uomini guardò fuori per vedere chi avesse parlato e vide LuAnn che si affrettava verso l'ascensore. Le tenne la porta. Ma certo.

"Oh, grazie, signori". Entrò nell'ascensore con un gran sorriso sul viso. "Siete stati molto gentili ad aspettarmi".

"Piacere nostro", disse uno degli uomini. "A che piano?"

"Otto".

"L'ho già premuto", disse. "Vive qui o viene alla festa?"

"Io vivo qui. Ma parlami della festa" disse, sbattendo le ciglia finte come se stesse scacciando una mosca.

"Giù nella 810, alcuni di noi stanno giocando a poker. Puntate alte".

"Quello che vuole dire è che bisogna pagare per entrare e garantire cinquantamila", disse un altro uomo. "Dovresti venire. Almeno vieni ad augurarci buona fortuna".

"Oh, tesoro, non so niente di poker", disse LuAnn, dando agli uomini un'espressione timida. "E dubito che vi porterei fortuna. Non ho mai vinto niente in vita mia". Si lasciò scappare una risata per buona misura.

Le porte si aprirono e LuAnn uscì per prima. Si girò mentre uscivano. "Ragazzi, divertitevi stasera".

La ringraziarono e la guardarono allontanarsi prima di girare nella direzione opposta. LuAnn si fermò e si voltò per osservare gli uomini. Li guardò entrare nell'810 mentre una donna li superava sulla porta. Era una bruna formosa vestita con un abito blu con una scollatura profonda. Dopo aver acceso una sigaretta, si appoggiò alla ringhiera mentre fumava. Un uomo diverso dai quattro la raggiunse poco dopo sulla passerella, anche lui accese una sigaretta.

"A Rachel non piacerà", sussurrò a se stessa mentre tornava verso gli ascensori. Quando le porte si aprirono, altri tre uomini erano dentro. LuAnn annuì e fece un leggero sorriso. Aspettò di lato finché non uscirono e poi guardò dove andavano. Dopo aver salutato la coppia sulla passerella, li vide entrare nell'unità.

"Allora, cos'è successo?" Chiese Rachel mentre LuAnn tornava al tavolo.

"È una brutta situazione", disse lei, sedendosi di nuovo sulla sua sedia. "Ho fatto amicizia con quegli uomini, così mi hanno invitato a una partita di poker nella 810, una partita ad alta posta, hanno detto. Una garanzia di cinquantamila e una quota per entrare".

"Cosa?" Gli occhi di Rachel stavano quasi uscendo dalle orbite.

"Ho visto un'oca con un vestito scollato che fumava fuori, e poi un altro uomo, non uno dei quattro, è uscito per fumare con lei. Poi, quando stavo risalendo in ascensore, altri tre uomini stavano uscendo e sono entrati nell'810. Conoscevano la coppia che fumava".

Rachel era così arrabbiata che non riusciva a parlare. Continuava a schiaffeggiare il bracciolo con le mani per la frustrazione e a guardare avanti e indietro da un'amica all'altra.

"Penso che sia sconvolta", disse Olivia, ma non scherzando. "Calmati. Questo non fa bene alla tua pressione sanguigna o al tuo diabete, tesoro".

"Ah-h-h-h!" Si lasciò sfuggire un suono esasperato. "Non - solo - è - contro - le - regole - fumare - sulla - passerella," balbettò, "ma è contro la legge - giocare - nei - locali".

"Per non parlare del gioco d'azzardo senza licenza", disse LuAnn.

"Sì!"

"Cosa hai intenzione di fare?" Chiese Olivia.

"Non lo so. Non credo che chiamare la polizia servirà a qualcosa", disse. "Scenderanno come prima. Ma parlerò con il presidente del consiglio di amministrazione, per prima cosa domattina. Ha qualcosa a che fare con l'acquisto della loro unità da parte dei Brigham. Deve sapere cosa sta succedendo. E può sistemare lui questo casino. Non voglio di essere coinvolta".

La mattina dopo, prima che Rachel avesse il tempo di telefonare a Charles Amos, Penelope entrò nel suo ufficio. Alfred la seguì a ruota.

"Buongiorno, Rachel", disse Alfred. Era insolito per lui essere così audace, parlare prima che Penelope avesse appena il tempo di sedersi sulla sedia degli ospiti.

"Buongiorno a tutti e due. Cosa vi porta qui così presto?"

"Abbiamo bisogno di nuovo dei tuoi servizi come notaio", disse Alfred.

"Sì, per favore". Penelope sorrise a Rachel. C'era qualcosa che non andava, ma non sapeva cosa.

"Cosa posso fare per te?" Guardò da uno all'altro, senza sapere chi avrebbe parlato.

"Beh, uh, vogliamo che tu, uh..." Alfred cominciò a dire.

"Oh, sputa il rospo, Alfred, per l'amor del cielo", disse Penelope, il suo viso passò rapidamente dal sorriso al cipiglio.

Rachel si concentrò sul viso di Alfred e aspettò.

"Vuoi sposarci?"

Dato che Rachel era in piedi, sentì il bisogno di sedersi, e così fece. "Sposare? Volete che vi sposi?"

"Sì", disse Penelope, sorridendo di nuovo. "Fuori nel giardino. È un posto incantevole per un matrimonio".

Rachel era stupefatta. E divertita. E si sentiva un po' sentimentale. Quanto era dolce tutto questo? Due anziani che vogliono sposarsi.

"Certo, sarei felice di fare gli onori di casa", disse Rachel, sorridendo alla coppia. "Quando volete farlo?"

"Sabato. A mezzogiorno", disse Penelope. "Nel giardino". Evidentemente la parte di Alfred era finita, e Penelope prese il suo posto.

"Come vuoi, Penelope".

"Nulla di stravagante. Il giardino fornirà l'atmosfera".

"Sì, è vero. Hai il vestito?"

"Sì. Qualcosa che avevo nascosto in fondo all'armadio per questa occasione".

"O-oh", disse Rachel, facendo scivolare la parola in due sillabe. La sua testa turbinava di domande che non poteva fare. Da quanto tempo stava organizzando questo matrimonio? Quanto era vecchio questo vestito? Era bianco? Penelope l'aveva conservato per anni fino all'arrivo del suo vero amore? E poi il pensiero colpì Rachel: in che condizioni è questo vestito?

"Non vedo l'ora di vedere il vestito che hai scelto", disse Rachel, annuendo con la testa.

"Anch'io", disse Alfred.

VENTINOVE

IL SUCCESSIVO PASSO di Rachel fu chiamare Charles Amos, il presidente dell'associazione dei residenti del condominio. Rispose al secondo squillo.

"Charles, sono Rachel", disse lei dopo aver sentito la sua voce rauca. "Ho bisogno di parlarti, spero sia un buon momento".

"Vuoi che scenda nel tuo ufficio?"

"Sì, sarebbe una buona idea. È importante".

"Sto arrivando adesso". Charles riattaccò il telefono.

Cinque minuti dopo, Charles entrò nel suo ufficio. Era un uomo magro con una folta chioma di capelli bianchi che gli spuntava sulla testa, dandogli un'aria da spilungone. Anche le sue sopracciglia erano insolitamente folte e sfoggiava dei baffi bianchi altrettanto folti. Non esitò a sedersi sulla sedia degli ospiti di fronte a Rachel.

"Cosa c'è di così importante?" chiese, incrociando le sue gambe allampanate.

"Ieri sera c'è stata una partita di poker nella 810. È l'unità di Brigham, nel caso non te lo ricordassi". Rachel si sedette di nuovo sulla sedia, appoggiando i gomiti sui braccioli e unendo le mani davanti. Aspettò di vedere come lui avrebbe reagito a questo annuncio.

"E allora? Una partita amichevole di poker non è un grosso problema". Charles incrociò le braccia sul petto. "Un intrattenimento perfetto".

"Può essere stato amichevole e divertente, come dici tu, ma era illegale". Rachel non lasciò che il suo sguardo vacillasse.

Charles aveva disincrociato e rincrociato le gambe dall'altra parte. "No, non in una casa privata. Assolutamente no".

"Charles", disse lei, abbassando brevemente lo sguardo, "è illegale far pagare una tassa d'iscrizione e condurre un gioco ad alta posta con un minimo di cinquantamila dollari richiesti per entrare nel gioco. Per non parlare del fatto che queste non erano persone del nostro condominio. Erano estranei che venivano ad una partita di poker offerta dai Brigham. Questa non è una casa da gioco. È un condominio residenziale che si rivolge alla platea di over cinquanta".

"Allora, che male c'è? Nessuno è stato ucciso. Non hanno sparato a nessuno", disse lui, ridendo dei suoi commenti. "Ti stai comportando da sciocca".

Perché ultimamente gli uomini chiamano le donne "sciocche"? Non le piaceva il termine; era avvilente.

"Il danno? Era illegale, Charles!" Si chinò in avanti con le braccia appoggiate sulla scrivania. "Erano presenti molte persone. Per lo più uomini, con una spruzzata di donne poco vestite a far loro compagnia, è la mia ipotesi. Non si trattava di un'amichevole partita di poker. I Brigham hanno organizzato un evento di gioco illegale".

"Posso ricordarti che il gioco d'azzardo è legale in Florida", disse tra i denti digrignati. Rachel poteva vedere che era arrabbiato.

"Non è legale, a meno che non si abbia una licenza e non si stia gestendo una casa da gioco. Il condominio non è una casa da gioco, signor presidente", disse con tutta la fermezza possibile. "So che è imbarazzante, soprattutto perché lei era alla partita ieri sera". Non lo sapeva con certezza, aveva solo dei sospetti, ma valeva la pena tentare per vedere la sua reazione.

"Io? Perché dici questo?" La sua espressione cambiò immediatamente. Il suo viso si era trasformato in uno sguardo innocente da ragazzino.

"Ti hanno visto, Charles. Nessuno che vive qui ti assomiglia, e dubito molto di chiunque altro a Daytona Beach".

La bocca dell'uomo si strinse. Lo aveva in pugno.

"Guarda", disse, disincrociando le gambe, chinandosi in avanti e appoggiando i gomiti sulle ginocchia. "Vivo qui da molto tempo. Forse troppo tempo. Non c'è molto da fare qui, a parte nuotare. O forse andare giù alla clubhouse. Abbiamo bisogno di un diversivo, di un po' di divertimento, sai? Una partitina a poker, che male può fare?"

"Quante volte devo dire che è illegale?" Rachel lo guardò dritto negli occhi. "Tu sai che lo è. E sapevi a chi stavi permettendo di comprare un'unità quando hai dato il via libera a John Brigham. Ecco perché lui e suo figlio hanno avuto una considerazione speciale. Non sono nata ieri, Charles. Non vai spesso a Las Vegas?"

Si sedette di nuovo sulla sua sedia con un sospiro. Era stato scoperto e lo sapeva. "Cosa vuoi che faccia?"

"Sbarazzati di loro".

"Non è così facile. John è il proprietario dell'unità. Non possiamo sfrattarlo come un affittuario".

"Allora trova il modo di farlo. Rendigli la vita scomoda. Fai un giro dal nostro avvocato e chiedi di farli rimuovere", suggerì lei, prendendo una penna in mano e puntandogliela contro. "E di' al tuo amico, John, di non fare altri giochetti".

Gli occhi di Charles si ingrandirono e le sue labbra sbatterono un po' prima di parlare. "I-io? Non posso farlo. Parlerò con l'avvocato, qualsiasi altra cosa tu pensi possa aiutare, ma non parlerò con *lui*". L'uomo era seriamente scosso dall'idea di qualsiasi discussione sull'interruzione delle partite di poker. Ovviamente sapeva che John Brigham non era un uomo con cui scherzare.

"Ok, allora passa all'azione. Prendi un appuntamento con l'avvocato". Rachel sentiva di aver vinto il dibattito.

"Subito, Rachel", disse lui, alzandosi. Rachel credette di vedere le sue mani tremare. "Mi terrò in contatto".

"Per favore, fallo".

Rachel dopo che lui se n'era andato, tirò fuori il ventaglio ed iniziò a sventolarlo su se stessa. *È andata abbastanza bene.*

LuAnn rimise il suo drink sul tavolo e tamburellò le sue lunghe unghie sul lato del bicchiere mentre aspettava Olivia e Rachel. Le due donne entrarono insieme, dopo essersi incontrate in ascensore. "Ecco la nostra ragazza", disse Olivia sedendosi su una delle sedie. Era sorridente e dall'aspetto felice nel suo abbigliamento per il tempo libero, jeans e maglione.

"Sei qui da molto?" Chiese Rachel, sedendosi tra le due donne. Alzò il braccio e il cameriere si precipitò. "Voglio un tè freddo. Penso che lo voglia anche lei".

"Sì, tè freddo, per favore", disse Olivia.

"Non da molto tempo. Mi sto solo rilassando". LuAnn aveva un aspetto più casual quella sera. I suoi capelli erano tirati indietro in una coda di cavallo, il che era molto insolito. Normalmente aveva i capelli raccolti o ammucchiati in alto sulla testa. E i jeans che indossava erano larghi, con un top blu che cadeva sopra.

"Sembri comoda", disse Rachel. Non aveva avuto il tempo di cambiarsi dai vestiti dell'ufficio.

"Hai un aspetto fantastico", disse Olivia a Rachel. La sua camicia bianca sembrava ancora inamidata sopra i pantaloni neri.

"Beh, grazie. Ora mi sento meglio, mangio bene e prendendo

le mie medicine. I numeri del diabete sono rimasti in un buon range, sono felice di dirlo".

"Mi sto solo rilassando". LuAnn fece un movimento casuale della sua coda di cavallo con una mano. "Non c'è motivo di agghindarsi".

"Non hai trovato un lavoro?" Chiese Rachel.

"No. Niente. In un paio di settimane, nessun problema, solo che non c'è niente di disponibile al momento".

"Allora, Derks è partito per andare in tour?" Chiese Olivia, accettando il suo drink dal server.

"Sì, purtroppo. Non sono riuscita a convincerlo a rimanere in zona, visto che gli altri ragazzi volevano fare il concerto on the road". LuAnn sospirò, poi si portò il bicchiere alle labbra, senza rossetto. "Ho suggerito di fare un duo, ma lui ha davvero voglia di sperimentare la strada".

"Scoprirà che non è come si dice", disse Rachel, prendendo il suo tè freddo.

"Ma a quale costo? Sarà ancora il mio uomo quando tornerà? Le femmine sbavanti pomperanno il suo ego così tanto che penserà di essere il prossimo Tim McGraw?" Quando lei posò il suo bicchiere, fece un forte tonfo che sottolineò il suo sgomento.

Rachel guardò la sua amica con la preoccupazione stampata sul viso. "Non lo sai, potrebbe essere scoraggiato dal clamore e dalla superficialità".

LuAnn spostò la testa verso Rachel. "Giusto. Prima volta sulla strada? Non è probabile. Verrà risucchiato dal vortice".

Rachel decise di cambiare argomento. "Ho parlato con Charles dell'attività di gioco d'azzardo nell'unità di Brigham".

"Ooh, cosa ha detto?" Chiese Olivia.

"All'inizio li ha difesi, dicendo che era legale. Davvero?" Rachel sgranò gli occhi. "Poi ha dovuto ammettere che era alla partita quando ho detto che era stato visto lì".

"Era lì?" Chiese Olivia.

"Sì. Non lo sapevo con certezza, ma in un certo senso l'ho ingannato". Rachel non poté fare a meno di sorridere della sua astuzia. "Vedete, ho pensato subito che la vendita fosse strana, e che fosse una specie di accordo che strizzava l'occhio a causa del trattamento preferenziale riservato a loro. Per me è ovvio che Charles sapeva del gioco d'azzardo prima che si trasferissero".

"Charles non va spesso a Las Vegas?" Chiese Olivia.

"Lo fa di sicuro, il che ha aumentato i miei sospetti. Così gli ho detto di parlare con John".

"Cosa ti ha risposto?" Chiese LuAnn.

"Ha rifiutato, e non posso biasimarlo. Poi ha accettato di parlare con il nostro avvocato e di trovare un modo per mandarlo via". Bevve qualche sorso del suo drink e si appoggiò allo schienale della sedia, con il drink ancora in mano. "Questo è un casino. Ti immagini, gestire una partita di poker in una delle nostre unità? Aggiungici che John e Josh sono pericolosi. Nauseante. Ho paura di vivere nel mio appartamento".

"Sei stata minacciata dall'ultima volta che John è venuto nel tuo ufficio?" Chiese Olivia.

"No, non io, ma Angie sì. Ci ha raccontato che Josh è entrato nella tavola calda dove lavora e che l'ha minacciata". Rachel abbassò lo sguardo mentre cercava di riprendersi. "Lui le ha detto di dire alla polizia che si era sbagliata, che aveva commesso un errore. Lei si è rifiutata e lui le ha detto, con poche parole, che le avrebbe rovinato la faccia se non l'avesse fatto".

"La sua faccia? E lei cosa ha fatto?" Chiese LuAnn.

"Beh, fortunatamente, Brian, sai, il tipo che possiede il posto? È intervenuto e ha tirato fuori Josh dal tavolo e gli ha detto di non tornare più. Non hai conosciuto Brian, ma è un tipo grosso e Josh, anche se è un brutto ceffo, non è così grosso".

"Allora, cosa ha fatto Josh?" Chiese Olivia.

"Niente. Angie ha detto che sembrava agitato. Se n'è andato senza dire niente".

"Buon per Brian, l'eroe di Angie", disse LuAnn.

"È un po' più di questo", disse Rachel, sorridendo leggermente. "Si stanno frequentando".

"Oh, che dolce", disse Olivia, sempre romantica.

"Ha un bel cottage sulla spiaggia, suo, nientemeno. Ovviamente, possiede anche la sua attività. Se la passa bene". Rachel sembrava felice per sua figlia.

Olivia strinse le mani. "Sono così felice per lei".

"Anch'io", disse LuAnn.

"Siamo in tre". Rachel prese un sorso del suo tè.

TRENTA

IL SABATO ARRIVÒ, e Rachel ammise di essere eccitata dalla prospettiva di unire in matrimonio la coppia anziana. Amava i matrimoni. La facevano sempre sentire romantica per i giorni successivi. Mentre si trovava a guardare nel suo armadio, si ricordò del suo matrimonio. Era stato eccentrico e divertente. Ma quel ricordo avrebbe dovuto aspettare un'altra volta. Oggi doveva capire cosa indossare.

"A che ora è il matrimonio?" Joe chiese mentre usciva dal bagno, avendo appena finito la doccia.

"Mezzogiorno. Nel giardino".

"Posso vestirmi casual?"

"Certo, non è un ricevimento di nozze". Continuò a far scorrere le grucce finché non trovò il vestito perfetto, quello rosa. Era su misura, linee pulite, e abbastanza fresco per il sole di mezzogiorno. Aveva anche dei tacchi rosa che si abbinavano perfettamente al vestito. Ecco perché li aveva comprati. Qualsiasi scusa per comprare scarpe era una buona scusa.

Si mise il vestito e le scarpe, poi aggiunse dei gioielli appropriati per completare il suo vestito. Le piaceva quello che vedeva nello specchio, nonostante la pancia che aveva guadagnato nell'ultimo anno. Non sporgeva troppo in questo vestito, per fortuna. Sapeva che questo era il risultato del suo cambiamento di vita. Mentre il suo girovita era diventato più evidente, il suo didietro si era appiattito e tutto quel grasso sembrava essersi spostato sul davanti. Voilà – era nata una pancia.

Rachel raccolse i suoi documenti ed era pronta a partire. "Joe, sono pronta ad andare".

"Ti seguo". Lui la raggiunse vicino alla porta, vestito con semplici pantaloni e una camicia sportiva. Era elegantemente casual, per la Florida, comunque.

Arrivarono al giardino e Rachel scelse il punto più logico per stare in piedi e pronunciare le promesse di matrimonio. Due corridoi si snodavano intorno e attraverso il centro del giardino, permettendo allo sposo di camminare su un lato e alla sposa sull'altro, più tutti gli invitati che avrebbero potuto partecipare. Mentre era in piedi a guardare fuori, aveva dovuto concordare che era il posto perfetto per un matrimonio, grazie all'oceano che scivolava nella sabbia alcuni metri dietro il giardino dove lei sarebbe stata. La perfezione di Daytona.

Una donna che non riconobbe, con capelli di un rosso brillante che poteva competere con il colore di Ruby, si precipitò verso di lei. Era un po' pesante e decisamente senza fiato quando raggiunse Rachel. "Ciao, sono Margaret", disse, allungando la mano. "Sono la figlia di Alfred".

"Oh, che piacere conoscerti", disse Rachel. "Sono Rachel. È bello che tu sia qui per sostenere tuo padre".

La donna rise, il suo corpo si sollevò un po'. "Sì, beh, un vecchio pazzo. Chi si sposa alla sua età?"

"Probabilmente non molte persone. Ma poi, non molti vivono fino alla sua età".

"Questo è vero. Mio marito è là fuori da qualche parte", disse dondolando il braccio dietro di sé. "Non credo che i miei fratelli possano venire. Uno so che non è voluto venire. Pensava che papà fosse fuori di testa". Di nuovo, si mise a ridere.

"Hai conosciuto la sposa?"

"No. È carina?"

"È dolce, il più delle volte, un po' prepotente e un po' religiosa. La descriverei come corretta". *A dir poco.*

"Hmm. Comunque sia, non la sposerò io. Ha!" Margaret rise di nuovo.

Alcuni dei residenti cominciarono a radunarsi. Molti usavano i deambulatori, due erano in sedia a rotelle e gli altri, secondo lei, dovevano stare in piedi. Non c'erano posti a sedere nel giardino, tranne una panchina di cemento.

Apparve un ragazzo che Rachel pensava avesse circa undici anni. "Ehi, sono Timmy. Sono il nipote".

"Piacere di conoscerti, Timmy", disse lei, prendendo la mano che lui le offrì.

"Mi occupo della musica". Era basso per la sua età, portava grandi occhiali marroni sugli occhi e un sorriso pronto. Vestito con un abito da bambino, era adorabile.

"Davvero? È molto carino da parte tua".

"Sì, ho questo dispositivo. Riempirà l'area con la musica". Tenendolo in aria.

Rachel non aveva mai visto niente di simile al dispositivo elettronico che teneva in mano. Non era molto grande, ma d'altronde l'elettronica era incredibilmente piccola al giorno d'oggi. "Quella è tua madre?" Indicò Margaret.

"No. Lei è laggiù". Timmy indicò un'altra donna che stava entrando nel giardino. La donna aveva lineamenti simili a Margaret ma era molto più magra. I suoi capelli erano di un marrone naturale e indossava un semplice abito stampato sufficiente a sopportare il caldo della giornata.

Un uomo si avvicinò a Rachel e lei immaginò che fosse uno dei mariti delle due donne. Era alto e di un bel peso. Pensò che appartenesse alla figlia che non aveva ancora conosciuto.

"Penelope voleva che ti dicessi che è davanti alla porta con mio suocero".

"Ok, grazie. Allora cominciamo". Nessuno aveva condiviso alcuna informazione sul procedimento, quindi Rachel stava improvvisando la cerimonia, in attesa di istruzioni. Guardò Timmy e gli indicò di iniziare la musica. E la musica iniziò.

Penelope e Alfred uscirono dalla porta che si apriva su un sentiero di cemento che portava al giardino. La versione strumentale di *I'll Be Loving You, Always* aleggiava nell'aria mentre camminavano. Penelope teneva il braccio di Alfred mentre con l'altra mano portava un piccolo bouquet di rose bianche mentre facevano la loro lenta processione verso il giardino. Tutti erano in piedi in attesa, tranne i pochi in sedia a rotelle. Una volta dentro il giardino, Alfred camminava sul lato sinistro mentre Penelope camminava sul lato destro del sentiero che era diviso da bellissimi cespugli fioriti. Le rose rosse sbocciavano alla destra di Penelope e i crisantemi gialli fiorivano alla sinistra di Alfred. Era vestito con un morbido abito grigio mentre si faceva lentamente strada lungo la navata. Ma la sposa! Lei aveva rubato la scena.

Penelope indossava un abito bianco lungo, completo di un semplice velo che le cadeva a metà della schiena. L'abito aveva maniche piene e semplici che si drappeggiavano fino ai polsi ed erano infilate in un polsino. Il corpetto abbracciava il suo corpo ed era coperto di perle. L'alto collo di pizzo le arrivava al mento, mentre la gonna sottostante si gonfiava nella brezza marina. Rachel pensava che l'abito fosse stupendo, per non parlare del fatto che era davvero unico per una donna della sua età. Immaginò che quel vestito fosse rimasto appeso nell'armadio di Penelope per decenni, sapientemente curato per essere in condizioni così immacolate. Sotto il vestito, mentre Penelope camminava, Rachel notò le punte delle sue scarpe da ginnastica bianche che facevano capolino.

Una volta raggiunto il luogo in cui si trovava Rachel, fece

cenno a Timmy di spegnere la musica e sussurrò alla coppia dove mettersi. Iniziò la cerimonia, sentendosi grata di aver scelto dei voti molto tradizionali per la coppia di anziani. Quando arrivò la parte in cui dovevano scambiarsi gli anelli, un uomo e una donna saltarono dalla panchina di cemento per partecipare, ognuno in piedi nel punto appropriato. Penelope porse il suo bouquet alla donna, che Rachel non riconobbe. Lei pronunciò i voti, e la coppia li recitò individualmente dopo di lei. L'uomo diede l'anello a Penelope al momento opportuno, e la donna fece lo stesso con l'anello di Alfred.

"Vi dichiaro ora marito e moglie. Puoi baciare la tua sposa".

Alfred non perse un colpo. Piantò un solido bacio sulle labbra di Penelope, poi sorrise ampiamente. Tutti applaudirono la coppia felice mentre si girava per affrontare la piccola folla davanti a loro.

Rachel prese un respiro emotivo e combatté le lacrime di gioia, ricordando vividamente il giorno del suo matrimonio. Poteva solo sperare che Alfred e Penelope fossero felici come lo erano stati lei e Joe, per tutto il tempo che gli restava da vivere insieme.

TRENTUNO

UNA SETTIMANA DOPO, Charles entrò bruscamente nell'ufficio di Rachel. Non aveva preso un appuntamento, come era sua abitudine, così lei fu sorpresa di vederlo.

"Ciao, Charles".

"Sì, Rachel, buongiorno". Si accasciò sulla sedia, con le gambe ossute che spuntavano da sotto i pantaloncini blu. "Ho appena lasciato l'ufficio dell'avvocato".

"Oh, bene. Che cosa ha detto?" Mise la penna in mano sulla scrivania e ascoltò attentamente.

"Il suggerimento dell'avvocato è di inviare una lettera certificata a John Brigham chiedendo che non tenga mai una partita di poker, o qualsiasi altro tipo di gioco d'azzardo, nella sua residenza. Ha detto che la lettera da lui composta direbbe che se tale attività continuasse, l'associazione del condominio cercherebbe un rimedio, che potrebbe significare la sua rimozione dall'edificio".

"È giusto. Ci toglie anche il peso da te e da me per aver fatto la richiesta", disse, rilassandosi sulla sua sedia. "E soddisfa il nostro obiettivo. Niente gioco d'azzardo. Certo, vivono ancora qui, ma almeno si evita il casino di rimuoverli".

"Basta che non facciano un'altra partita", disse Charles, appoggiandosi anche lui alla sedia. "A quel punto avremmo un'altra situazione da affrontare".

"Non credo che terrà un'altra partita, Charles", disse lei, sembrando soddisfatta della soluzione proposta. "Non per dire che ha imparato la lezione, ma avremmo potuto essere molto più duri con lui, forse coinvolgere la polizia".

"Sono d'accordo con te".

"Se vuole organizzare altri giochi nella città in cui vive, ci sono molti posti tra cui scegliere. E ci sono altre città e stati in cui può andare senza influenzare la sua residenza". Rachel sorrise all'uomo più anziano.

"Hai ragione. Un sacco di altri posti, ma non qui", disse Charles, sorridendo di rimando.

"Sei stato bravo, Charles".

"Ho fatto ciò che era giusto, tutto qui. E mi scuso per il mio pensiero sbagliato e per il mio comportamento", disse, abbassando lo sguardo e scuotendo la testa. "Che idiota sono stato a voltare le spalle alle regole e alla legge. Non so cosa mi sia preso. Mi dispiace davvero, Rachel". Lui la guardò dritto in faccia mentre diceva quelle parole.

"Va tutto bene. Hai ripulito il casino. Ora, se John si comporta bene lassù all'ottavo piano, tutto andrà bene". Rachel provò sollievo e soddisfazione per le novità e l'atteggiamento pentito di Charles. Le cose stavano cambiando. Sì, proprio così.

"Oh, sono così orgogliosa di te", disse Rachel, il suo viso raggiante verso suo marito.

"Sì, ho finito in tempo record", disse Joe.

La coppia si sdraiò sulle comode sedie del balcone, discutendo i recenti eventi alla fine della settimana. Per esempio, il completamento della ristrutturazione del B&B a cui Joe aveva diligentemente lavorato.

"In realtà è pronto per essere affittato", pensò Rachel.

"Sì. Dobbiamo solo metterlo sul mercato".

"Chi lo farà?" chiese lei. Nessuno dei due era istruito in marketing o aveva abbastanza conoscenza di Internet per essere abile nel mettere in mostra il B and B.

"Stavo pensando ad Angie", disse Joe.

Rachel si sedette sulla sedia, guardando suo marito. "Joe, è geniale! Non ha una laurea in marketing? Potremmo darle una parte di ogni affitto per il suo lavoro".

"Esattamente quello che stavo pensando", disse Joe. "Forse alla fine riuscirà ad uscire da quella tavola calda".

"Solo che lei esce con il proprietario, ti ricorderai. Forse non vuole andarsene".

"Hmm. Beh, possiamo chiedere".

Non fu molto tempo dopo la loro conversazione che Angie tornò a casa. Rachel era in cucina a preparare la cena, mentre Joe preparava la tavola.

"Ehi, Angie", disse Joe, alzando lo sguardo dal tavolo mentre sistemava gli utensili intorno ai piatti. "Io e tua madre abbiamo qualcosa da chiederti".

"Certo, cosa?" entrò in cucina e diede a sua madre un bacio sulla guancia mentre si trovava davanti al bancone.

Joe si avvicinò alla cucina, appoggiandosi allo stipite della porta. "Il B&B è finito e pronto per essere messo sul mercato".

"È fantastico, papà".

"E abbiamo pensato che tu saresti la persona perfetta per fare il marketing. Se ti interessa".

Gli occhi di Angie diventarono più grandi. "Wow, che sorpresa. Ho una laurea in marketing".

"È proprio quello che pensavo", interviene Rachel.

"E ti pagheremmo per la tua attività sulla nostra proprietà", disse Joe. "Non è un regalo. Guadagneresti una percentuale sugli affitti".

"Sì, mi sembra giusto", disse mentre considerava l'offerta.

Rachel buttò fuori un pensiero, per vedere se si bloccava o meno. "Abbiamo anche pensato che potresti, alla fine, essere in grado di staccarti dal lavoro alla tavola calda. Cioè, se lo volessi".

"Beh, sappiamo tutti che sono un troppo istruita per fare la cameriera. Lavorare lì è ridicolo. E Brian capirebbe", disse lei, annuendo.

"Non devi darci una risposta subito", disse Joe. "Puoi pensarci e farci sapere".

"No, non ho bisogno di pensarci. Accetto il lavoro", disse con fermezza. "Posso usarlo per spingermi nel mondo del marketing. Guadagnare esperienza sul campo e così via".

Rachel e Joe guardarono la figlia con curiosità.

"Vuoi entrare nel marketing?" Chiese Joe.

"Non finché non mi hai offerto questa opportunità. Sembra una buona idea; proprio quello di cui ho bisogno per dare una direzione al mio futuro. Grazie, ragazzi", disse, abbracciando prima sua madre e poi suo padre. "Non sapevo dove sarei andata fino ad ora. Mi è sempre piaciuto il marketing ed eccellevo nei corsi. Quindi, perché non fare marketing?"

"Oh, Angie, sono così felice per te", disse Rachel.

"Anch'io, zucchetta", disse un padre orgoglioso. "Potresti considerare di vivere in una delle camere da letto, se vuoi un po' di indipendenza".

"Hmm, suona bene. A parte il fatto che toglierebbe il profitto dell'affitto di quella camera da letto", disse Angie, camminando verso il tavolo della sala da pranzo con una casseruola in mano. "Forse dopo un po' di tempo che le ho affittate e che ho trovato un buon lavoro nel marketing, potrei trasferirmi in una camera da letto".

"Qualsiasi cosa tu pensi sia saggia, tesoro", disse Rachel.

"Sì, qualsiasi cosa tu voglia fare, per noi va bene. Solo una cosa ti chiedo: porta Precious con te". Risero a quell'osservazione mentre Precious e Benny erano in salotto, con gli occhi puntati addosso, a discutere. Una discussione forte.

Tutti si sedettero a tavola. "Posso dire la preghiera stasera?" Chiese Angie.

"Certo", disse Joe.

"Grazie, Padre, per questo giorno meraviglioso e per i miei fantastici genitori che mi hanno appena benedetto con un'opportunità per il mio futuro. Chiediamo benedizioni su questo cibo per il nutrimento dei nostri corpi". Tutti dissero amen.

Dalla posizione di Rachel dietro le grandi finestre del suo ufficio, vide John e Josh entrare nella cabina dell'ascensore. Avevano in mano una singola busta, che lei immaginava fosse la lettera certificata dall'avvocato. Sapeva che la posta era già arrivata, quindi avrebbero dovuto andare all'ufficio postale a ritirarla dopo aver ricevuto la carta di notifica nella cassetta della posta. John aprì la lettera mentre aspettavano l'ascensore, mentre Josh guardava con interesse. Scambiarono qualche parola mentre John leggeva il contenuto. Josh guardò verso l'ufficio, come se sospettasse che lei avesse qualcosa a che fare con la lettera di un avvocato. Non poteva vedere che lei lo guardava a causa del modo in cui aveva la testa posizionata verso il basso con gli occhi che guardavano fuori dagli angoli. Nessuno dei due sembrava arrabbiato quando la porta dell'ascensore si aprì e salirono.

Ora sapevano. Ora sapevano anche che *lei* sapeva, e che potenzialmente Charles era coinvolto. Ma l'avvocato aveva scritto la lettera, non uno di loro due. Si sperava che avessero accettato la notizia dall'avvocato e l'avessero vista come separata dalla decisione della direzione. Speravano.

TRENTADUE

ERANO gli unici due rimasti alla tavola calda mentre finivano di pulire il grasso dalla griglia, dalla piastra e dai fornelli.

"Brian", disse dolcemente, "ho delle novità".

"Cosa?" chiese mentre raschiava la piastra.

"Ti ho detto che i miei genitori hanno comprato una casa e che mio padre l'avrebbe ristrutturata per farne un B&B".

"Sì, me l'avevi detto".

"Beh, papà ha finito la ristrutturazione ed è pronto per il mercato degli affitti". Lei smise di pulire i fornelli e si voltò verso di lui. "Vogliono che la commercializzi al pubblico. Otterrei una percentuale sul prezzo d'affitto. E se voglio, posso trasferirmi nella casa e vivere in una delle camere da letto".

"Sembra fantastico, Angie". Lui smise di fare quello che stava facendo e la guardò. "Lo farai, vero?"

"Sì. Non credo che mi trasferirò ancora, non finché non avrò fatto un po' di esperienza e poi cercherò un vero lavoro nel marketing". Aspettò di sentire la sua risposta.

"Angie, sembra che tu abbia finalmente capito cosa vuoi fare della tua vita", disse con la sincerità che traspariva dai suoi occhi.

"Sì, è così, vero?" Lei rise dolcemente. "Credo di sì. Mi piaceva molto il marketing al college. E con l'esperienza che faccio al B&B, posso alla fine entrare in un colloquio di lavoro con credenziali e capacità".

Brian si avvicinò a dove lei stava appoggiata alla stufa. La raggiunse per tenerla tra le braccia. "Sono orgoglioso di te" disse, piantandole un bacio sulla guancia. "Ma resterai qui ancora per un po'?"

"Oh, certo. Ho bisogno di acquisire l'esperienza di commercializzare il B&B e far arrivare gli affitti prima di fare domanda per un lavoro con una società".

"Come pensi di lavorare qui e fare tutto questo?"

"Mi alzerò presto?" Lei rideva mentre lo guardava in faccia.

"Che ne dici di lavorare un giorno in meno qui. All'inizio. Se hai bisogno di più tempo, allora organizzerò la copertura tramite Bonnie e Dee, e assumerò un'altra ragazza part time". Lui guardò il suo bel viso illuminato dalla felicità.

"Sembra meraviglioso, Brian. Grazie", disse lei, alzandosi in punta di piedi per baciargli la guancia.

"Alla fine, quando otterrai quel lavoro con una società, assumerò qualcuno per prendere il tuo posto, ma non il tuo posto", disse. "Nessuno può sostituirti". Questa volta la baciò sulle labbra.

Solo recentemente aveva saputo cosa significava far volare le scintille. Ci vollero fino a venticinque anni per sentire l'elettricità di cui aveva solo sentito parlare o letto. Si rese conto di essere diversa dalle altre ragazze con cui lavorava. Loro erano più esperte nella vita e nell'amore, ma lei aveva scelto una strada diversa molto tempo prima. Forse era per questo che si era attardata al college e poi aveva vissuto negli ashram? Non che il college non fosse pieno di tentazioni. Tutto l'immaginabile aveva sfilato per tentare i suoi valori, ma lei rimaneva fedele a ciò in cui credeva. Di conseguenza non era popolare al college, ma questo le andava bene. Era lì per ottenere un'istruzione, non per fare festa o trovare un marito.

Una carriera era il suo obiettivo, così continuò a guadagnare titoli. Poi si presentò il dilemma di cosa fare con tutti questi titoli. Si era specializzata in affari. Aveva una laurea in marketing, un'altra in finanza. Guardando indietro alle sue scelte passate, Angie si sentiva fortunata ad aver scelto un percorso di business. Poteva aprire un'attività, gestire un'attività per qualcuno, o entrare nel marketing. In retrospettiva, le sue scelte erano state tutte buone. Si sentiva sicura che il suo futuro sarebbe stato altrettanto buono.

La sua scelta d'amore con Brian era certamente promettente, anche se non sapeva se avessero un legame permanente. Il tempo lo avrebbe detto. Era troppo presto nella loro relazione per determinare dove sarebbero finite le loro strade, unite o separate. Dio lo sapeva. Lei si fidava di Dio in quel settore.

"Ora tocca a te trovare la tua strada", disse, allontanandosi dall'abbraccio.

"Sì, qualunque cosa sia".

"Lo saprai quando si presenterà. Proprio come me, di punto in bianco, il mio cammino mi è stato messo in grembo. Le domande hanno avuto una risposta. Non puoi forzare la Sua volontà". Angie raccolse il suo straccio e tornò a pulire i fornelli.

"Guardati, fai la furba con me", disse Brian, tornando alla piastra. "Sono fiero di te, Angie".

"Grazie. Questo significa molto".

John e Josh entrarono nell'ufficio di Rachel, senza sorridere né sembrare amichevoli. Rachel si irrigidì immediatamente.

"Rachel", disse John, facendole un cenno con la testa. Josh non disse nulla.

"John".

"Siamo venuti per informarvi che non ci sarà nessun gioco

d'azzardo nella nostra unità, non che ci fosse in primo luogo. Era tutta una grande bugia che qualcuno ha inventato per ferirci", disse, ancora in piedi, con Josh un passo dietro di lui.

Rachel non credeva all'uomo. Credeva che LuAnn avesse visto ciò che lei aveva riferito, e che Charles fosse presente alla partita e che avesse cercato di fare una cosa veloce permettendo ai Brigham di acquistare l'unità. Credeva tutto questo, ma non aveva intenzione di discutere con l'uomo. Lasciava che suggerisse il suo punto di vista alternativo, non era importante quale falsità stesse cercando di trasmettere.

"Sarebbe apprezzato, se non offrisse mai più il gioco d'azzardo nella vostra unità".

"Non che l'abbiamo mai fatto".

"Come volete".

"Ora, per questa concessione, ti chiedo qualcosa". Finora il suo contegno era calmo. Ma Rachel non riusciva a immaginare cosa volesse.

"Come?", chiese lei.

"Che sua figlia dica alla polizia che ha capito male. Si è sbagliata. Josh non ha avuto niente a che fare con il pestaggio di quell'uomo", disse. "Penso che sia un accordo equo".

"Non lo faccio. Perché sarebbe una bugia. Ha insegnato a Josh a mentire?" disse, cercando una reazione nella sua espressione. Non c'era. "Perché non ho insegnato a mia figlia a mentire e non ho certo intenzione di farlo adesso".

Gli occhi di John si socchiusero in risposta e il suo viso si offuscò di rabbia. "Lei, lei non sa cosa sta dicendo, signora". Josh prese il braccio di suo padre, borbottando qualcosa nell'orecchio. John strappò il braccio dalla presa. Indicò Rachel con lo stesso braccio. "Meglio stare attenti, signora Barnes. Le cose brutte succedono alle persone gentili".

Si voltò bruscamente e si diresse verso la porta. Josh guardò Rachel mentre seguiva suo padre fuori dall'ufficio. Aveva la sensazione che Josh non appoggiasse le dichiarazioni di suo padre.

Si sedette di nuovo sulla sedia, tremando. Un'*altra minaccia di quell'uomo orribile. E poi?*

Più tardi, quella sera, durante la cena, Joe era sconvolto dalle notizie che sua moglie gli aveva dato sull'incontro con i Brigham. Spinse via il piatto con frustrazione. "Non posso credere che quell'uomo abbia avuto il coraggio di minacciare di nuovo te e Angie. Cosa c'è di sbagliato in quella gente? Chi va in giro a minacciare in quel modo?"

"Gente senza Dio. Sono così preoccupata per Angie", disse Rachel, pulendosi le labbra con un tovagliolo.

"Preoccupati anche per te stessa".

"Non so cosa fare, Joe. Contattare la polizia è inutile a questo punto".

"Li contatteremo comunque. *Se* succede qualcosa, non ci saranno dubbi su chi c'è dietro l'azione. Chiamiamo subito" disse, allontanandosi dal tavolo e camminando verso il telefono. Joe compose il numero che aveva scritto sul tablet l'ultima volta che aveva parlato con loro.

Rachel lo raggiunse sul divano, aspettando di essere collegata con l'ufficio appropriato. Una volta che Joe fu in grado di raggiungere qualcuno, gli parlò brevemente e poi passò il telefono a Rachel. Lei spiegò lo scambio tra lei e John Brigham, sottolineando che questa era un'azione ricorrente verso di lei e la sua famiglia. Le fu detto che questa informazione sarebbe stata aggiunta alla precedente e le fu assicurato che la nuova minaccia non sarebbe passata inosservata.

"Non preoccuparti, ti proteggerò io", disse Joe dopo aver riattaccato il telefono.

"Non puoi fare la guardia al mio ufficio ogni giorno, Joe". Si sedette sul divano, con gli occhi spalancati e vulnerabili.

"No, su questo hai ragione". Le passò un braccio intorno alle spalle, il minimo che potesse fare.

"E Angie non può stare in clausura nella nostra unità. Lei lavora". Rachel appoggiò la testa sul petto di Joe.

"Brian si prenderà cura di lei al lavoro. Non mi preoccupa che lei sia lì", disse, circondando con entrambe le braccia sua moglie.

"Nemmeno io. Solo tra qui e lì". Alzò lo sguardo verso suo marito, e la coppia si fissò negli occhi, leggendo la reciproca preoccupazione per la loro unica figlia.

TRENTATRÉ

QUANDO ARRIVÒ LA DOMENICA MATTINA, tutta la famiglia era riunita davanti alla porta per andare in chiesa. Ognuno aveva un bisogno particolare da soddisfare all'interno di quel santuario. Non avevano mai incontrato una tale minaccia da una fonte esterna che voleva fare del male a qualcuno di loro. Era al di là della comprensione di come questa minaccia potesse attaccare verbalmente le donne della famiglia e suggerire che potessero essere ferite fisicamente. E così, pregarono.

Non appena tornarono dalla chiesa, sentendosi in pace e protetta, Angie iniziò a prepararsi per il suo appuntamento in spiaggia con Brian. Lui stava portando il cibo, quindi tutto quello che lei doveva fare era cambiarsi e mettersi il costume da bagno, prendere il cappello e la crema solare da mettere in borsa, e sarebbe stata pronta ad andare. Quando il campanello suonò, Angie si precipitò alla porta.

"Ehi", disse lei, dopo aver guardato attraverso lo spioncino e aperto la porta. Un sorriso accolse Brian.

"Ehi, tu", disse, piegandosi per darle un rapido bacio. "Sembri pronta".

"Lo sono". Indossava il suo bikini preferito a pois bianchi e neri e un copricostume bianco.

"Dove sono i tuoi genitori?"

"Sono fuori, in piscina".

Brian aveva incontrato i suoi genitori diverse settimane prima, quando era andato a cena proprio per quello scopo. Tutto era andato bene, non come nel film *Meet the Parents*. Ognuno di loro aveva poi espresso che uomo meraviglioso fosse Brian e come approvavano di cuore la loro relazione. La giovane coppia aveva la loro benedizione.

"Bene, andiamo allora".

Brian prese la sua borsa, Angie il suo cappello e uscirono dalla porta. Decisero di scendere in una zona più tranquilla a sud del condominio per godere di una vista diversa, scegliendo un posto vicino alla torretta dei bagnini. Un numero significativo di persone si stava godendo la bella giornata come loro.

"Agli altri non è dispiaciuto che tu ti sia presa una domenica libera?" Chiese Angie. Il fine settimana era il periodo di maggior afflusso di gente nel suo locale. Brian non poteva permettersi di chiudere la domenica.

"No. Il ragazzo che sto addestrando alla griglia e al grill, Dan Winebrenner, era entusiasta di lavorare al mio posto. Sta risparmiando per il college, quindi vuole più ore, ora che ha imparato a fare le cose. E questo significa che posso passare del tempo con te", disse, raddrizzando la coperta sulla sabbia. "Un uomo deve avere un giorno libero. Sette giorni alla settimana sono troppo faticosi".

Angie si sedette sulla coperta liscia, sollevando il viso al sole per qualche istante prima di mettersi il cappellino e spalmarsi la crema solare sul corpo, con il profumo di cocco che si diffondeva. Si sforzava di avere una bella abbronzatura, ma ora che aveva vent'anni, vedeva la saggezza di evitare l'abbronzatura. Si prendeva rigorosamente cura della sua pelle, indossando sempre la crema solare, specialmente sul viso. Soddisfatta di aver fatto il possibile per evitare le scottature, si sdraiò sulla schiena.

Brian abbassò il suo corpo muscoloso sulla coperta accanto ad Angie. "È bellissimo oggi", disse, guardando il mare che rotolava sulla riva.

"Sì, è così. Siamo in paradiso", disse lei, puntellandosi sulle braccia per guardare le onde che rotolavano dolcemente verso di loro. "Non mi è mai piaciuta l'umidità della Florida in certi periodi dell'anno, ma oggi è un giorno di bassa umidità, ed è glorioso".

"Una grande giornata di relax sulla spiaggia".

"Di sicuro".

Si sdraiarono al sole per un po', e Brian che alla fine si era addormentato. *Il povero ragazzo è esausto. Ha bisogno di più tempo libero.* Ora che Dan era disponibile a intervenire per cucinare, Angie aveva pensato che Brian si sarebbe preso più tempo per godersi la vita. Con lei. La prospettiva era eccitante.

L'odore dell'aria salata era rinfrescante per Angie, uno dei tanti vantaggi di venire in spiaggia. Si sentiva soddisfatta come non si era mai sentita in vita sua in un momento specifico. Nemmeno la meditazione l'aveva fatta sentire così rilassata e soddisfatta. In realtà, non ci aveva pensato fino ad ora, ma non meditava da un bel po' di tempo. Quando aveva bisogno di conforto e risposte, si era rivolta alla Bibbia, non alla solita meditazione del passato. Si sentiva come una figlia prodiga che tornava a casa, letteralmente, e abbracciava le sue radici. Era incredibile come la vita potesse cambiare.

L'inconfondibile rombo del motore di una motocicletta la fece sussultare. Un uomo formidabile senza maglietta cavalcava la sua Hog sulla sabbia compatta davanti a lei, poi girò vicino per parcheggiare dietro di lei. Lei sollevò metà del corpo per guardarlo. Indossava una bandana nera intorno alla fronte e jeans neri strappati sulle gambe. Il motociclista si piegò per togliersi gli stivali mentre gettava un'occhiata per vedere Angie che lo guardava. Alzò una mano in segno di saluto. Per un secondo, Angie si chiese se si fossero mai incontrati. Lavorando dove lavorava, incontrava molte persone una sola volta, quindi dimenticava facilmente i loro volti. Istintivamente, alzò la mano in risposta. L'uomo infilò gli stivali in una borsa attaccata alla bicicletta e cominciò a camminare verso Angie. Il suo cuore saltò in risposta. Era contenta che Brian fosse accanto a lei, anche se ancora addormentato.

"Ehi", le disse il motociclista. Era così grosso e muscoloso che la sua vista fece stringere la gola di Angie. Non voleva avere problemi con lui, così fece scivolare la mano verso Brian e ne sfiorò il dorso contro la sua pelle nuda un paio di volte per svegliarlo.

"Eh?" Disse Brian, alzando la testa.

"Ciao", disse il motociclista, guardando giù dalla sua posizione.

"Ciao. Ehi, Brian, abbiamo una visita", disse lei, sorridendo un po' e mettendosi seduta sulla coperta.

Quando Brian vide il visitatore, si alzò in posizione. "Ehi, amico".

"Ti conosco?" Chiese Angie dopo essersi resa conto che aveva un aspetto familiare.

"Angie, giusto?", chiese.

"Sì".

"Lavori da Brian's Burgers". Non era una domanda, piuttosto una dichiarazione.

"Sì, e questo è Brian in persona", disse, indicando con la mano l'uomo accanto a lei.

"Piacere di conoscerti, amico", disse il motociclista allungando la mano. "Ottimi hamburger. Ci veniamo quando siamo in città".

"Ehi, fantastico", disse Brian, allungando la mano all'uomo. "Sono contento che ti piacciano".

"Non ti ho più visto da quella notte", disse il motociclista, mettendo entrambe le mani sui fianchi e guardando direttamente Angie.

"Che notte era?" Chiese Angie.

"Quando quel tipo ti stava molestando. Il tizio più vecchio". Tirò fuori un pacchetto di sigarette dalla tasca posteriore mentre parlava.

"Oh, certo!" Improvvisamente, Angie sapeva esattamente chi fosse quest'uomo. Lui e un altro motociclista l'avevano salvata quando James stava passando sulla spiaggia e voleva farla salire in macchina per riportarla a casa. "Ero così grata a voi due per avermi salvato".

Brian sembrava confuso. "Cosa?"

"Ti ho raccontato di due motociclisti che sono venuti in mio soccorso quando James voleva che salissi sulla sua macchina, sai, quando stavo tornando a casa a piedi quella sera, dopo il lavoro", disse Angie, guardando Brian. "Ricordi? Questo è uno dei ragazzi".

"Oh, sì. Ehi, grazie, amico, per averlo fatto", disse, facendo un pugno e battendoci il cuore. "Sono in debito con te".

"Va tutto bene, amico. È una brava ragazza. Non potevo permettere che quel tipo la infastidisse". Il motociclista si spostava da una gamba all'altra mentre parlava, accese la sigaretta e face un tiro.

"Allora, sei in anticipo per la settimana dei motociclisti", disse Brian.

"Un po'. L'ultima volta ce ne siamo andati prima del previsto, quindi siamo venuti prima questa volta", disse, comportandosi come se avesse qualcosa di più da dire, ma non sapeva come dirlo. "Dovevamo andarcene in fretta dalla città", disse con un occhiolino.

"Capisco". Angie non aveva davvero modo di sapere di cosa stesse parlando, immaginava solo che avesse avuto uno scontro con qualcuno o che un affare fosse andato a monte. Comunque sia, sapeva che era qualcosa di illegale. Altrimenti perché avrebbero sentito il bisogno di lasciare la città in fretta e furia?

"Sì, se l'è cercata, infastidendoti in quel modo. Conosco quel tipo di persone. Era pericoloso" disse il motociclista, scuotendo la testa da un lato all'altro, poi tirando un altro tiro dalla sigaretta. "Se tu fossi salita su quella macchina, beh... chissà cosa ti avrebbe fatto".

Una fitta improvvisa le colpì il cuore. "Sì, non mi sono sentita a mio agio in quella situazione". Angie soffocò la sua risposta mentre il suo cuore andava a mille. "Come ti chiami?"

"Mi chiamano Hawk". Indicò il braccio che sfoggiava un grande tatuaggio di un falco. "Grifone. Ma sono conosciuto come Falco perché mi piace essere libero; sfrecciare nel vento sul mio Hog".

"Capisco", disse lei, sorridendo all'uomo. "Beh, Hawk, grazie per avermi salvato".

"Nessun problema, signorina. Mi è piaciuto pareggiare i conti per te", disse, salutandola mentre si girava per andarsene.

"Grazie ancora", disse Brian dopo l'uomo.

"Brian!" sibilò il suo nome mentre si girava verso di lui, la voce abbassata. Il motociclista stava camminando lungo la spiaggia, probabilmente fuori dalla portata dell'udito. "Hai capito cosa stava dicendo?"

"Certo che ho capito".

"Ha picchiato James, non Josh. È stato *lui!*" Gli occhi blu di Angie erano spalancati e scintillavano di adrenalina.

Brian studiò il suo bel viso, arrossato dal calore e dall'eccitazione. "Questo è quello che ho capito anche io. Devi chiamare la polizia".

"Sì, lo so". Angie prese il suo telefono dalla borsa, componendo il numero del 911. Quando qualcuno rispose, disse di sapere chi aveva inavvertitamente ucciso James Mason, uno dei loro casi di omicidio aperti. Fu subito passata a un detective.

"Ha detto di chiamarsi Hawk Griffon. Hawk non è il suo vero nome, ovviamente, ma solo il suo pseudonimo. Immagino che lo chiamiate "pseudonimo", giusto? Ha un tatuaggio di un falco sul braccio sinistro, e in questo momento è a torso nudo, sta camminando sulla spiaggia, a sud della postazione dei bagnini a Silver Beach". Angie snocciolò rapidamente ciò che ricordava. "Guida una Hog nera, ma non vive nella nostra zona. Quindi, in questo momento è sulla spiaggia, a piedi nudi, con una bandana nera, jeans neri strappati e niente camicia".

Angie ascoltò la persona che parlava all'altro capo della chiamata. "Sì, ha parcheggiato la sua moto alla rampa di Silver Beach e se n'è andato pochi minuti fa, camminando verso sud". Fece una pausa quando l'altra persona parlò. "Non so dove alloggia, ma ha fatto riferimento a 'noi', quindi probabilmente sta con altri motociclisti". Di nuovo, fece una pausa nella sua conversazione. "Sì, ha detto che il tipo se l'è cercata e che non poteva lasciare che mi infastidisse. Ha ammesso che gli è piaciuto 'regolare i conti' per me. Sono state le sue parole, regolare i conti. Ma non credo che intendesse ucciderlo, solo picchiarlo".

Guardò Brian e alzò le sopracciglia, chiedendo silenziosamente se ci fosse altro da riferire. Lui scosse la testa. Lei chiuse la conversazione dopo aver dato una descrizione più dettagliata della moto, compreso il numero di targa.

"Dovremmo andarcene prima che torni", disse Brian, alzandosi e raccogliendo gli oggetti.

"Non era Josh, dopo tutto". Angie alzò lo sguardo verso di lui.

"A quanto pare no", disse Brian.

"Aspetta che lo dica a mamma e papà".

TRENTAQUATTRO

LUANN CHIAMÒ RACHEL e Olivia per incontrarsi alla clubhouse, si era vestita con jeans larghi e una camicia semplice. Si acconciò i capelli in una coda di cavallo, senza preoccuparsi di truccarsi e senza prendersi il tempo di mettere gli orecchini. La sua rabbia stava crescendo mentre LuAnn usciva dall'appartamento, i suoi passi facevano un sacco di rumore che il vicino del piano di sotto avrebbe certamente disapprovato.

Non appena arrivò alla clubhouse, ordinò una birra alla spina. Rachel e Olivia apparvero quasi subito dopo.

"Ehi, come va?" Chiese Rachel sedendosi.

"Sì, cosa c'è di così importante da convocare una riunione?" Olivia tirò fuori la sua sedia.

"Siediti, è una lunga storia", disse LuAnn. La sua espressione era di costernazione e fastidio.

Quando il cameriere arrivò con la Draft di LuAnn, le due donne ordinarono dei tè freddi.

"Mi è mancato Derks", disse LuAnn, bevendo un sorso dalla sua tazza. "Mi ha chiamato, molto dolcemente e tutto il resto, quasi tutte le sere dopo aver finito il concerto. A meno che non dovessero rimettersi in viaggio subito dopo".

Rachel e Olivia annuirono all'unisono.

"Allora, sapevo che erano diretti a Denver per due notti. Ho avuto un'idea: fare una visita al caro uomo", disse lei, posando la tazza sul tavolo. "Fai una sorpresa al tuo tesoro; fai in modo che si ricordi di te, così saprà che donna speciale ha lasciato a casa".

"E così sei andata a Denver?" Chiese Rachel.

"Sì. Sono arrivata in tempo per andare nel backstage prima che finisse l'ultimo set. Li ho visti esibirsi e, devo ammettere, erano davvero bravi". Fece una pausa quando il cameriere tornò con i tè freddi, poi continuò. "Ho iniziato a sentirmi in colpa per essermi opposta al viaggio della band. Tipo, chi sono io per interferire con le loro carriere? Rachel, Olivia, erano così *bravi!* " disse, guardando da una all'altra. "Ho capito che mi ero comportata come una mocciosa egoista e viziata ad ostacolare Derks. Ha bisogno di questa esperienza, di questo successo nella sua vita".

"È bello da parte tua ammetterlo, LuAnn", disse Olivia, annuendo con la testa. "Buon per te".

"Grazie. Stavo per aspettarlo nel backstage, ma sono dovuta andare al bagno. Avevo viaggiato e tutto il resto, non avevo avuto tempo", disse, avvolgendo le dita intorno alla tazza. "Così, sono nel cubicolo dimenandomi per riuscire a chiudere i jeans, e queste due ragazze stavano parlando vicino allo specchio, proprio dall'altra parte della porta. E intendo dire ragazze. Le ho viste prima di entrare, mentre si mettevano il rossetto e tutto il resto. Si pettinavano i capelli biondi ossigenati. A quel punto, ho sentito una dire all'altra: "Tu vai con Dan stasera. Io ho Derks come ieri sera". Derks! Il mio Derks!"

"Uh oh", disse Olivia.

Rachel non disse nulla, i suoi occhi dicevano tutto.

"Sì, vero?" Disse LuAnn, guardando Olivia per avere sostegno. "Sono nel cubicolo, fumante di rabbia. Stavo per dire qualcosa alla svergognata, ma se ne sono andate prima che potessi far collaborare la mia cerniera. Dopo essermi agghindata un po', sono uscita dal bagno e sono andata dritta nel camerino degli artisti. Ero pronta a sbranarlo!".

"Oh, LuAnn, mi dispiace tanto", disse Rachel. "Ma quello che hai sentito potrebbe essere tutta colpa sua, non di Derks. Poteva essere innocente".

"Innocente? Un bambino è innocente quando viene beccato con le mani nel barattolo dei biscotti?" LuAnn lanciò un'occhiataccia a Rachel. "Innocente? Tutt'altro, vedrai. Quando sono entrata, tutti stavano facendo una festa, si preparavano ad andare da qualche parte per celebrare il loro successo. Anche le ragazze erano ovunque. Non che sia insolito per le groupies uscire, ma non so se le mogli di alcuni di quei membri della band avrebbero apprezzato quello che ho visto fare ai loro mariti. Non mi è piaciuto quello che ho visto fare a Derks, questo è sicuro".

Né Rachel né Olivia avevano commentato. Avrebbero tranquillamente permesso a LuAnn di sproloquiare mentre sorseggiavano i loro tè freddi.

"Derks aveva il braccio intorno a quella che avevo sentito parlare nel bagno, dandole un bacio ogni tanto. Lui sorrideva. Lei sorrideva. Tutti sorridevano, tranne me. Poi Dan, uno dei compagni della band, mi ha notato in piedi sulla porta" disse LuAnn, battendo freneticamente la tazza con le unghie. "Ha guardato Derks e ha fatto un cenno nella mia direzione. Quando Derks si è voltato a guardare verso di me, la sua mascella è caduta".

Olivia abbassò la testa. "Oh, cielo". Rachel continuò a guardare LuAnn parlare.

"Derks ha lasciato immediatamente cadere il suo braccio intorno alla ragazza ed è venuto verso di me. Era tutto un "tesoro qui e tesoro là". Così dolce, come sempre. Ma io non lo volevo. No, signore". Prese diversi sorsi della sua birra prima di posare la tazza. I suoi occhi blu facevano scintille. Nessuno l'aveva mai vista così, così arrabbiata e ferita.

"Che cosa hai fatto?" Chiese Rachel.

"Mi sono allontanata da lui scacciando le sue braccia, così si è liberato di me. E sono tornata a casa". LuAnn si calmò con un cipiglio sul viso.

"Non gli hai detto niente?" Chiese Olivia.

"Beh, certo che l'ho fatto. Mi sono fatta sentire. Dopo averlo allontanato da me. Gli altri ci hanno lasciato a litigare. Ero così ferita... proprio distrutta. Mi sono messa a piangere in modo orribile. Voglio dire, brutto, tesoro. Il mascara mi colava sulla faccia. I verdi cattivi brutti. Non è stato bello".

"Cosa ha detto lui?" Chiese Rachel, giocando con il suo bicchiere.

"Mi ha dato tutte le scuse che avevo già sentito prima, quando un ragazzo viene sorpreso a comportarsi male. Non era nemmeno un po' originale. 'Mi è venuta addosso, è stata aggressiva, è stata tutta colpa sua'. Al che ho detto, 'Allora, che cosa stava facendo il tuo braccio intorno a lei? Perché la stavi baciando?'"

"E lui ha detto?" Chiese Olivia, pendendo da ogni parola.

"Mi ha guardato, probabilmente pensando che non avessi visto quella parte. Poi gli ho ricordato che era stata con lui la sera prima del concerto. Gli ho detto che l'avevo sentita parlare nel bagno. Beh, a quel punto non sapeva cosa dire. E non ha negato di essere stato con lei la sera prima. Come avrebbe potuto? Ho sentito quello che aveva detto quella". LuAnn smise di parlare. Sorseggiò la sua birra e fissò il vuoto, accasciandosi sulla sedia.

Olivia e Rachel cercarono di parlarle, di calmarla, ma lei rimase in silenzio, a fissare il vuoto. Infine, LuAnn parlò.

"Mi ha spezzato il cuore. L'ha schiacciato, come una lattina di birra", disse. "Avevo grandi speranze per noi. Eravamo perfetti insieme. E poi se n'è andato in tour. Non ti avevo detto che sarebbe successo?" LuAnn guardò direttamente Rachel, puntando il dito.

"Sì, l'hai fatto".

"Ed è successo. Lo sapevo ancora prima che lui cominciasse a fare i bagagli", disse lei, lanciando la mano in aria. "Bingo, l'ho perso, proprio così".

Le lacrime cominciarono a rincorrersi lungo le guance mentre lei fissava il suo sguardo. Rachel si alzò in modo da poter abbracciare la sua amica. Olivia fece lo stesso. Entrambe le donne confortarono LuAnn finché non smise di piangere. Olivia tirò fuori un fazzoletto dalla tasca e lo porse a LuAnn. Lei si asciugò gli occhi. Rachel si sedette di nuovo sulla sua sedia. Olivia rimase al fianco di LuAnn.

"Cosa hai intenzione di fare?" Chiese Rachel.

LuAnn la guardò, la tristezza che decorava chiaramente i suoi occhi. "Continuo con il lavoro che ho appena ottenuto. Vivo qui. Ho amici come voi due. Non parlerò mai più con Derks. È finita, di sicuro".

Olivia annuì. "Sono così felice di essere single".

TRENTACINQUE

QUALCHE GIORNO DOPO, Rachel era a bordo piscina con Ruby e il suo amico. Aveva un bell'aspetto in costume da bagno per un uomo di ottantanove anni. Il suo corpo sembrava sodo e aveva ancora un bel po' di capelli completamente bianchi che gli crescevano sulla testa. Ruby sedeva con il suo cappello da sole sulla testa, guardando Bob che nuotava in piscina. Rachel pensò che sembrava aver messo su qualche chilo da quando era arrivato il suo ex marito. E aveva bisogno di tutti questi chili.

"Mi piace il tuo vestito", disse Ruby.

"Grazie. L'ho preso da Dillard's. In saldo, per di più". Rachel era distesa sulla sua sdraio, sfoggiava un vestito nero con larghe strisce bianche che le avvolgevano le curve come una molla.

"Dov'è tuo marito?"

"Si sta istruendo su Internet. Angie gli sta mostrando come commercializzerà il B&B".

"Molto bello. Sono felice che abbia trovato la sua nicchia".

"Anch'io". Rachel si girò per affrontare la donna. "E come vanno le cose tra te e Bob?"

Ruby girò la faccia di lato per poter guardare Rachel. "Non ci crederai, ma stiamo parlando di matrimonio. Alla nostra età".

"Ehi, Penelope e Alfred si sono sposati. Strana coppia. Ma sembrano felici", disse lei, indicando dall'altra parte della piscina.

Ruby girò la testa per vedere Penelope e Alfred uscire dall'edificio e camminare verso il giardino. Erano mano nella mano ed entrambi erano raggianti. "Ci sarò".

"Camminano in giardino ogni giorno. È romantico, non credi?"

"Sì, suppongo di sì. Buon per loro", disse Ruby, voltando la testa di nuovo verso Rachel. "Forse lo faremo... hmm, un giorno..."

Rachel rotolò sulla schiena, sorridendo. "Qual è il problema?"

"Non lo so. La nostra età? Certamente non i soldi. Siamo entrambi sistemati a vita". Ruby agitò la mano in aria. "Non lo so. Troppi matrimoni?"

"Oh, che cos'è un altro, Ruby? È un po' come per i gatti: una volta che ne hai adottato uno, cosa sarà mai un altro? Quanti matrimoni sarebbero?"

"Non sono affari tuoi. Diciamo solo che potrei competere con Elizabeth Taylor".

Rachel rise di gusto.

"Allora, com'è andata la lezione?" Chiese Rachel tra un boccone e l'altro del polpettone che aveva preparato. "Tuo padre ha imparato qualcosa di nuovo?"

Angie ridacchiò, lanciando un'occhiata a suo padre. "Più o meno".

"Ho imparato a lasciarle fare ciò che sa fare meglio", disse Joe, puntando la forchetta verso Angie. "Tutto troppo complicato per il mio cervello".

"La verità è che potrebbe imparare a navigare sul web,

Facebook e altre cose, solo che non vuole", disse Angie con un sorriso e un luccichio negli occhi. "Ma va bene così. Questo è il mio lavoro".

"Fino a che punto sei riuscita a sistemarti?" Chiese Rachel.

"Beh, sono lieta di dire che ora abbiamo un sito web e un account Facebook per gli affitti", disse Angie, aiutandosi con altri fagiolini. "Siamo ufficialmente in affari".

"Davvero? Di già?" Rachel mise la forchetta nel suo piatto.

"Certo, devo pubblicare le cose, fare il mercato per gli agenti immobiliari, le agenzie di viaggio e così via. Ci vuole tempo per essere riconosciuti, quindi non pensare che avremo affitti per il fine settimana". Angie mise in guardia le grandi speranze di sua madre, sapendo che non comprendeva appieno il processo.

"Sono solo felice che tu stia facendo tutto questo per noi", disse Rachel. "E sono orgogliosa della mia bambina intelligente".

Angie guardò sua madre. Essere chiamata bambina era quasi ridicolo. Rachel era bassa di statura, mentre Angie si trovava almeno venti centimetri sopra sua madre. Non era più piccola da molti anni. Comunque, "Grazie, mamma", fu la sua risposta.

"A che ora arrivano i Brigham?" Chiese Joe.

"Alle otto". Rachel aveva suggerito che dovevano delle scuse a John e Josh. Avevano accusato Josh dell'ovvio, solo che si era dimostrato innocente. Josh non aveva, nonostante tutte le indicazioni, picchiato James. Mentre entrambi gli uomini avevano minacciato Rachel e Angie di danni fisici, Josh non aveva preso provvedimenti contro James, anche se tutte le prove sembravano puntare in quella direzione. Non c'era da stupirsi che John fosse così deciso a far ritrattare ad Angie la sua dichiarazione. Suo figlio era davvero innocente.

"Devo restare qui?" Chiese Angie.

"Certo. Sei tu quella che originariamente è arrivata alla conclusione che Josh aveva cercato di vendicarsi di quell'uomo. Devi essere qui". Rachel lanciò alla figlia uno sguardo severo.

"Ok, se lo dici tu", disse Angie. "Ma sarà imbarazzante".

"Sarà imbarazzante per tutti noi", disse Joe. "Quindi, dobbiamo ammettere le nostre colpe e scusarci. Prendere le nostre colpe, per così dire. È quello che facciamo quando sbagliamo".

"Tuo padre ha ragione". Rachel posò il suo tovagliolo e si alzò.

"Ok".

Tutti erano pronti in anticipo per l'arrivo degli ospiti. Rachel preparò il caffè e mise a disposizione dei biscotti da forno. Quando sentirono suonare il campanello, ognuno fece un respiro profondo.

"Salve, entrate", disse Rachel, salutando gli ospiti con un sorriso per coprire il suo nervosismo.

John entrò con la faccia severa, mentre Josh tentò un sorriso.

"Venite in salotto", disse Joe, facendo strada ai due uomini.

Tutti presero posto mentre Rachel portò fuori un vassoio con il bricco per il caffè, tazze, dolcificanti, panna e biscotti. Angie era già seduta su una sedia singola per evitare di sedersi vicino a uno dei Brigham. John e Rachel si sedettero uno accanto all'altro sul divano, mentre Josh e Joe erano seduti sul divano.

"Caffè, John?" Chiese Rachel, tenendo una tazza in mano mentre prendeva il bricco.

"Sì, grazie", rispose lui. Accettò la tazza che lei gli diede e fece cenno di rinunciare a zucchero e panna.

"Josh?" Rachel guardò il giovane.

"Sì, grazie". Josh si alzò per ricevere la tazza da Rachel. "Solo caffè nero, grazie".

Joe scosse la testa per il caffè, ma portò il piatto di biscotti a tutti.

"Angie?" disse a sua figlia.

"Niente caffè per me, mamma". Angie guardò suo padre in piedi davanti a lei e scelse un biscotto dal piatto.

"Presumo che la polizia ti abbia notificato che non sei più sospettato dell'omicidio di James Mason?" Chiese Rachel, rimettendosi a sedere nel comfort del divano.

"Sì, mi hanno chiamato", disse Josh. "Non mi hanno dato molte spiegazioni e, francamente, non mi importava. Volevo solo togliermi dai guai".

"Abbiamo detto alla polizia che non eri tu", disse Rachel, piegando le mani in grembo e guardando Josh. "Non è stato a causa delle tue minacce di danni fisici a me e ad Angie".

"Allora perché?" Chiese John, lanciando a Rachel uno sguardo sospettoso.

Angie si unì alla conversazione. "Ero in spiaggia qualche giorno fa quando sono stata riconosciuta da un motociclista. L'ho incontrato alla tavola calda qualche mese fa, durante la settimana delle motociclette. Ha iniziato a parlare con me e il mio amico e ha menzionato James, anche se non per nome".

"Non capisco", disse Josh.

"Lasciala spiegare", disse Joe.

"Durante la conversazione, ha parlato di quando James ha cercato di venirmi a prendere e portarmi a casa quella sera dopo il lavoro. Lui e un altro motociclista videro cosa stava succedendo e vennero in mio soccorso e mi accompagnarono a casa sana e salva". Angie era visibilmente nervosa mentre parlava, le sue mani si muovevano e si stringevano tra loro. "Mi ha detto che si era occupato della mia situazione; mi ha persino fatto l'occhiolino".

Il silenzio riempì la stanza finché John non parlò. "Vuoi dire che il motociclista ha picchiato questo James?"

"Sì, esattamente. Ho chiamato subito la polizia in modo che potessero arrestarlo nella zona, prima che se ne andasse e diventasse impossibile da trovare tra gli altri motociclisti".

Josh guardò Angie con un'espressione sorpresa. "Grazie".

"Non c'è di che. Non sei stato tu, a quanto pare, quindi ero obbligata a dirlo alla polizia". Angie fece un leggero sorriso al giovane. "Mi dispiace davvero per tutto questo casino. Ma tu mi hai dato tutte le indicazioni che avevi fatto male a quell'uomo. Cosa dovevo pensare? Beh, a quanto pare, non ho pensato. Mi dispiace, Josh".

"Va tutto bene. Non è la prima volta che vengo accusato ingiustamente", disse lui, facendole un sorriso.

"Forse ora possiamo finirla con le minacce ed essere buoni vicini?" Chiese Rachel. "Questo include tutti in questo complesso. Non possiamo permettere che qualcuno abbia paura dei propri vicini".

"Penso che si possa fare", disse John, annuendo prima di prendere un altro sorso del suo caffè.

"Sicuramente", disse Josh, annuendo anche lui, e poi prendendo un morso del suo biscotto.

"Non avrai problemi con noi", disse John. "Finché mio figlio sta bene, mi va bene tutto. E non devi preoccuparti di nessun gioco d'azzardo qui. Non che sia mai successo". Rachel e John condivisero una risata.

Dopo che i Brigham se ne andarono, Rachel e Joe andarono nella loro camera da letto. Con loro grande sorpresa, Bennie e Precious erano sdraiati uno accanto all'altro sul letto, dormivano.

"Le sorprese non finiranno mai", disse Rachel. "Finalmente sono amici".

"Sarà..." Disse Joe guardando i due felini mentre andava verso l'armadio per recuperare il pigiama.

Entrambi si affrettarono ad andare a letto. Una volta lì, pregarono insieme. Tra le loro preghiere c'era la gratitudine per l'esito imprevisto con i Brigham. Anche se non volevano essere amici dei due uomini, certamente non li volevano nemmeno come nemici. La sicurezza della loro figlia era di primaria importanza nei loro cuori. Ora che questa brutta situazione era alle spalle e le minacce erano finite, potevano rilassarsi. Il futuro di Angie sembrava luminoso, con la sua nuova vocazione, per non parlare della relazione nascente con Brian. Il mondo di Rachel e Joe era luminoso e felice, grazie a Dio.

TRENTASEI

"GUARDA QUI", disse Angie, agitando il giornale in aria mentre si sedeva sul divano. "C'è scritto: "Motociclista arrestato per omicidio".

"È il tuo caso di omicidio?" Chiese Rachel.

"Beh, non proprio il mio, ma, sì, si tratta di James che viene attaccato da un motociclista", disse, girandosi verso sua madre seduta fuori sul balcone. "Nessun legame dato. Hanno anche una forte prova del DNA. Andrà sicuramente in prigione".

"Questa è una buona notizia", disse Joe dal balcone. "Perché non vieni fuori e ti unisci a noi?"

"Ok". Si spostò fuori verso la sedia vuota. "Amo queste notti tranquille sotto le stelle. Dopo tutto quello che è successo ultimamente, è così rinfrescante".

"Come mai non sei con Brian stasera?" Chiese Rachel.

"Sta lavorando. Questo è il mio giorno libero in più, così posso occuparmi del marketing". Angie sorrise sulla parola marketing.

"È uno da tenere stretto, Angie", disse Joe.

"Sì, lo è. Ho avuto fortuna. Oh, ti ho detto che abbiamo degli inquilini in arrivo?", chiese.

"Quando?" Chiese Rachel.

"Nel fine settimana, per due notti", disse. "Sono di Orlando e volevano solo una fuga di un fine settimana vicino alla spiaggia. Quando hanno visto le foto del B&B e gli interni accoglienti, hanno capito che era perfetto per loro".

"Ottimo lavoro, ragazza", disse Joe. "Mi assicurerò che sia tutto immacolato prima del loro arrivo".

"E dopo", disse lei.

"E dopo, sì", disse Joe. Aveva il compito di pulire dopo che gli affittuari se ne andavano. Questo era l'accordo.

"Ho due potenziali coppie che verranno il fine settimana successivo, ma non hanno ancora confermato. Con il passaparola, potremmo attirare un sacco di gente del posto nei fine settimana". Angie sospirò soddisfatta.

"Stai andando benissimo, tesoro", disse Rachel. "Ora non sei contenta di essere tornata a casa?"

Angie pensò per qualche secondo prima di parlare. "Quando sono arrivata, volevo la mia indipendenza, ma ero ancora aggrappata a voi per il sostegno, non che avrei ammesso una cosa del genere. Ma era il momento per me di fare un salto fuori da quel nido confortevole. Solo che non lo sapevo. Grazie a voi due che mi avete spinto a volare, ho fatto il salto, ho spiegato le ali e ho volato. Grazie per la spinta, ragazzi".

"Non c'è di che", disse Joe con una risatina.

"Ma l'altra domanda è: *sei* felice che io sia tornata a casa?" Chiese Angie.

Rachel rise di gusto. "All'inizio non ero affatto contenta. Pensavo che questa visita sarebbe stata come tutte le altre. Avresti allungato la mano, pretendendo che ti venisse dato tutto. Ma grazie alla perseveranza di tuo padre nel farti trovare un lavoro, non sei caduta nella modalità "dammi". Non solo, ma hai anche superato le aspettative. Hai trovato un lavoro e hai ambizioni per il futuro. Siamo così orgogliosi di te, Angie". Rachel guardò sua figlia, distesa sulla sedia, bella nella sua disinvoltura. "Allora, sono felice che tu sia tornata a casa. Sei davvero sbocciata".

"Siamo entrambi orgogliosi di te, tesoro. Continua a volare. Sei sulla strada giusta". Joe si sistemò sulla sedia con un profondo sospiro.

Angie guardò le stelle e la luna che brillavano su di lei. In lontananza sentì un tuono. La pioggia probabilmente non era nemmeno in arrivo, solo un rombo amichevole. Così tipico della Florida. Si crogiolò nel bagliore che scendeva dal cielo, assaporando il tempo che aveva passato con i suoi genitori. Erano brave persone che le avevano inculcato buoni valori, e di questo era grata. Sì, Dio è buono.

Caro lettore,

Speriamo che leggere *La Figlia* ti sia piaciuto. Per favore, prenditi un attimo per lasciare una recensione, anche breve. La tua opinione è molto importante.

Saluti

Janie Owens e il team Next Chapter

La Figlia
ISBN: 978-4-82412-280-3

Pubblicato da
Next Chapter
1-60-20 Minami-Otsuka
170-0005 Toshima-Ku, Tokyo
+818035793528

10 Gennaio 2022